持久畅销书

福尔摩斯探案集

（英）柯南·道尔／著
郑雯雯／编译

跳舞的人
独自骑单车的人

升级版

图书在版编目 (CIP) 数据

跳舞的人；独自骑单车的人 / (英) 柯南·道尔著；郑雯雯编译. --北京：企业管理出版社，2014.7

ISBN 978-7-5164-0869-8

Ⅰ. ①跳… Ⅱ. ①柯… ②郑… Ⅲ. ①侦探小说—小说集—英国—现代 Ⅳ. ① I561.45

中国版本图书馆 CIP 数据核字 (2014) 第 118833 号

书　　名： 跳舞的人；独自骑单车的人
作　　者： 柯南·道尔
编　　译： 郑雯雯
责任编辑： 王秋菊
本书策划： 闫书会
书　　号： ISBN 978-7-5164-0869-8
出版发行： 企业管理出版社
地　　址： 北京市海淀区紫竹院南路 17 号　　　**邮编：** 100048
网　　址： http://www.emph.cn
电　　话： 总编室（010）68701719
发行部（010）68414644
编辑部（010）68416775
电子信箱： 80147@sina.com　zbs@emph.cn
印　　刷： 三河市腾飞印务有限公司
经　　销： 新华书店
规　　格： 145×220mm　1/16　12 印张　180 千字
版　　次： 2014 年 7 月第 1 版　2014 年 10月第 2 次印刷（Y）
定　　价： 29.80 元

前言

“上帝，这是什么意思？”

“这是谋杀，华生……”

在中国小读者的心目中，福尔摩斯是永远的名侦探，福尔摩斯与华生的经典对话已家喻户晓。

为了重现原汁原味的夏洛克·福尔摩斯形象，我们编译了《福尔摩斯探案集》（升级版），将福尔摩斯探案故事最为经典的篇章集结成十个分册，包括《血字的研究》、《四签名》、《归来记》、《巴斯克维尔的猎犬》、《恐怖谷》、《最后的致意》等几十个精彩故事。

作者柯南.道尔（1859—1930）被誉为“英国侦探小说之父”，迄今为止仍是全国世界最畅销侦探小说作家之一。他的作品，合乎逻辑的推理引人入胜，结构设计起伏跌宕，福尔摩斯以及助手华生等人物形象鲜明，故事描述的内容涉及当时英国社会现实生活。对于其艺术成就，英国著名小说家毛姆曾说：“与柯南道尔所写的《福尔摩斯探案全集》相比，没有任何侦探小说曾享有那么大的声誉。”

柯南·道尔塑造的夏洛克·福尔摩斯是在《血字的研究》和《四签名》里初露头角的，那是1897年和1899年之间出版的两本小书。此后问世的一系列短篇故事，头一篇叫做《波希米亚丑闻》，1891年发表在《海滨杂志》上。书出之后，很受读者欢迎，读者要求更多的后续故事。于是自那以后，在近40年时间里断断续续所写的故事，已不下于五十六七，这些故事分别收集在《冒险史》、《回忆录》、《归来记》和《最后致意》《新探案》等续集中。

在编辑《福尔摩斯探案集》（升级版）的过程中，我们刻意筛选了作者原作中的精彩篇章。选编的这些故事结构严谨，环环相扣，情节跌宕离奇，案情引人入胜，再配以经典插图，让你于紧张刺激的阅读中享受直观有趣的视觉冲击，这十册小书可以说是值得收藏的福尔摩斯探案经典版本。

一百多年来，根据福尔摩斯探案故事改编或演绎的艺术作品数不胜数，他们有的是影视作品，有的是漫画作品，这些作品使得福尔摩斯的形象历久弥新。愿我们编辑的这套集子会随着岁月的更迭，能让福尔摩斯的形象更加鲜亮。

本书编译者
2014年7月4日

第 六 集

回忆录

归来记

希腊译员

我和我的朋友夏洛克·福尔摩斯亲密无间地相处了很多年，但我从未听到他提起过他的家人，更是很少听他说起过他早年的生活。他对这些事情一直缄口不谈，让人觉得他很不近人情，甚至认为他是个孤僻的怪人，只有头脑，没有感情。他对女性更是敬而远之，跟本不想结交新的朋友，这两点都足以表明他感情冷淡，即使这样，也不能永远不谈他的家人呀。到后来，我只好把他看做是世上没有任何亲人的孤儿。但是，有一天，使我非常惊奇的是，他却和我谈起了他的哥哥。

那是一个夏天的傍晚，我们喝完茶后便海阔天空地聊了起来，从高尔夫球俱乐部聊到黄赤交角变化的原因，最后又聊到了返祖现象和遗传适应性这个话题上。我们谈论的中心是：一个人的独特才能有多少是天生的，有多少是后天训练得来的。

"就你本人来说，"我说，"根据你告诉过我的情况来看，你的观察力和独到的推理能力显然是你后天系统训练的结果。"

"在某种程度上是这样，"他若有所思地说，"我祖先都是些乡绅，一直过着他们那个阶层的人习惯了的生活。但尽管如此，我能有今天也应该归功于我的血统，我祖母是法国画家维内的妹妹，我可能从她那里继承了不少好东西，因为，血液中的艺术成分可以演变成种种很奇特的遗传方式。”

“那你怎么知道这是遗传的呢？”

“因为我哥哥迈克罗夫特在这方面的才能比我强多了。”

“这真是件大新闻，既然他比你厉害，那警方和公众怎么从来没听说过他呢？”我这么问他，意思是，你只不过是因为谦虚才认为你哥哥比你更强的。福尔摩斯听了笑了笑。

“亲爱的华生，”他说，“有人说谦虚是一种美德，但我不这么认为。每个人都应该实事求是地看待一切事物，过于贬低自己就跟过于吹嘘自己一样，都是有悖真理的。所以，既然我说他能力比我强，就是真的比我强。”

“他大你几岁？”

“七岁。”

“那他怎么没一点名气呢？”

“哦，他在他圈子里还是很有名气的。”

“什么圈子？”

“嗯，比方说，在第欧根尼俱乐部。”

我从没听说过这个俱乐部。我不由得露出了一丝惊讶的神情。夏洛克·福尔摩斯把表掏出来看了看。

“第欧根尼俱乐部是伦敦最古怪的一家俱乐部，而迈克罗夫特又是这家俱乐部里最古怪的一个人。每天下午四点三刻到七点四十他总待在那里。现在六点，你要是有兴趣在如此美好的晚上出去散散步，我会把这古怪的俱乐部和古怪的迈克罗夫特介绍给你的。”

五分钟后，我们到了街上，向摄政广场走去。

“你一定有些奇怪，”我朋友说，“迈克罗夫特为什么不把他的能力用来搞侦探。事实上，他当不了侦探。”

“可你刚才还说……”

“我是说过，他的观察力和推理能力确实比我强。如果侦探这门艺术，自始至终只须坐在安乐椅上就行了，那我哥哥肯定会成为有史以来最伟大的侦探。但他既没有干这行的兴趣，也没干这行的时间，他甚至宁愿自己的推理是谬论，也不想花点力气去证明自己是对的。我经常请教他，他指点给我的，事后又总证明是正确的。但是，在案子提交到法官或陪审团之前，需要出示案情细节时，他就无能为力了。”

“那他干的不是侦探？”

“根本不是，侦探是我谋生的职业，而在他只是业余爱好。他有超群的数学才华，常常在一些政府部门查账，迈克罗夫特住蓓尔美尔街，每早步行去政府上班，傍晚回家，每天都这样。没有别的活动，也不到别的地方去，唯一的去处就是他住处对面的第欧尼根俱乐部。”

“我想不起有这么一个俱乐部。”

“你可能是不知道。你知道吗？伦敦有很多生性羞怯或愤世嫉俗的人，他们不大合群。但他们并不反对到舒适的地方去坐坐，看看最新的杂志什么的。第欧根尼俱乐部就是这些人成立的，它所有的会员都是伦敦城里最孤僻、最不爱交际的人。会员们互不打听彼此的情况，除了会客室，无论在什么样的情况下，会员之间都不准交谈。如果有谁违规三次，引起了俱乐部委员会的注意，谈话者将被开除出去。我哥哥是俱乐部的发起人之一，我也觉得这俱乐部的气氛很好。”

我们边走边说，从圣詹姆斯大街的尽头一直走到蓓尔美尔街。福尔摩斯在离卡尔顿大厅不远的一个门口停了下来，提醒我别再说话，然后领着我进了大厅。隔着门上的玻璃，我看到了一个宽大豪华的房间，里面各人坐在各人的位置，一个个都在看报。福尔摩斯领着我进了一间小房屋，从这里可以看到蓓尔美尔街。然后，他离开了一会儿，回来时带了个人进来，我知道这个人准是他哥哥。

迈克罗夫特比他弟弟要高，也比他壮实。他很胖，脸庞虽然蛮人，但也有着他弟弟所特有的那种鲜明醒目的轮廓。他浅灰色的眼睛透着一种奇特的光芒，好像在冥思苦想似的，这种眼神，我只在他弟弟全神贯注时才见过。

“很高兴认识你，先生，”他边说边向我伸出他那像海豹掌一样宽阔厚实的手，“自从你给夏洛克作传以来，我无论到哪里都能听到人们提起他。顺便提一下，夏洛克，我还以为你上周会来找我商量曼诺庄园的案子呢。我当时想，你可能有些力不从心。”

“不，我已经解决了。”我朋友笑着说。

“是亚当斯干的吧？”

“当然是他。”

“我早知道是他。”他俩在窗旁坐了下来。迈克罗夫特说，“对于想研究人类的人来说，这是最理想的地方，这儿可以看到各种

各样的人物。比方说，向我们这边走过来的那两个人。”

“你是说那个台球计分员和他旁边那位吗？”

他们所说的两个人在街对面站住了。其中一个人的背心口袋上有些滑石粉的痕迹，这是我看到的唯一暗示台球的标志；另外那人个子矮小，皮肤黝黑，帽子在后脑门上扣着，腋下夹了好几个包。

“我看他是个老兵。”夏洛克说。

“才退伍不久。”他哥哥说。

“在印度服的役。”

“是个军士。”

“是皇家炮兵队的。”夏洛克说。

“他是个鳏夫。”

“但有一个孩子。”

“不止一个，我亲爱的弟弟，他不止一个孩子。”

“得了，”我笑着说，“你们说得未免太玄了点儿。”

“你来看，”夏洛克说，“这人有点当官的气势，皮肤又被晒得黑黑的，说明他当过兵，而且不是普通士兵，而且他从印度回来不久。”

“你看他还穿着大家所说的那种炮兵靴，这表明他退伍不久。”迈克罗夫特说。

“他的走姿不像骑兵，他习惯戴帽子——这从他眉毛上方的皮肤颜色较浅可以看得出来。何况他的体重又不像个工兵，所以，他是炮兵。

"他脸上那悲恸的样子说明他失去了某个亲人。从他自己出来买东西这一点来看，他应该是失去了妻子。他那些东西都是给孩子买的，那个拨浪鼓说明其中一个孩子还很小，并且表明他妻子是在产后不久去世的；而他腋下还夹了本小人书，说明他还惦记着另一个孩子。"

我这时才明白我朋友为什么说他哥哥的观察力比他自己还要强了。夏洛克看了我一眼，笑了笑。迈克罗夫特从一只玳瑁盒中取出鼻烟，又用一块红色大丝巾把落在衣服上的烟灰揩掉。

"我说夏洛克，"他说，"我这有件事很适合你干。这是件很不寻常的事，虽然这给我提供了进行推理的好机会，但我又没时间把它追查到底。如果你愿意听……"

"我亲爱的哥哥，我非常愿意。"

迈克罗夫特在自己的笔记本上匆匆写了几个字，按了一下铃后，把纸条交给了侍者。

"我已经让人去请梅拉斯先生了，"他说，"他就住我楼上，我们比较熟悉。他一有麻烦就来找我。据我所知，他有希腊血统，是位了不起的语言学家。他靠在法院当译员，并给那些住老桑伯壮街旅馆的有钱的东方人当向导为生。我看，还是让他自己把他那奇特的遭遇讲给你们听吧。"

几分钟过后，一个矮小壮实的人走了进来。虽然他说起话来像个受过良好教育的英国人，但他那橄榄色的脸和漆黑的头发都表明他是南欧人。他热情地和夏洛克·福尔摩斯握了握手，听说这位专家很想听自己的遭遇，他那双黑眼睛不由得闪烁出欣喜的

光芒。

“我说的事恐怕连警察都不信，真的，”他忧愁地说，“这样的事他们从没听过，所以他们也不信世上竟会有这样的事发生。但我明白，如果我不弄清那个脸上贴胶布的可怜人的结果，我的心是无论如何都平静不下来的。”

“你说吧。”夏洛克·福尔摩斯说。

“现在是星期三的晚上了，”梅拉斯说，“嗯，这事发生在两天前，星期一的晚上。也许你哥哥告诉你了，我是个译员，能够翻译所有的语言——或者说几乎所有的语言——但因为我生在希腊，而且取了个希腊名字，所以主要翻译希腊语。多年来，我一直是伦敦很不错的希腊语翻译，每个旅馆都熟悉我的名字。”

“经常有人在意想不到的时候来请我去当翻译，或者因为一些外国人遇到了麻烦，或者因为一些游客到得比较晚，需要我的帮助。所以，星期一晚上，当一位穿着时髦的年轻人拉蒂摩先生找到我家，请我陪他坐马车外出时，我一点儿也不意外。他说，他有位希腊来的朋友找他有事，这位希腊朋友只会说希腊语，所以他只好请我当翻译。他说他在肯辛顿住，离这儿有段路。他看起来很着急，我们一到街上，他就飞快地把我推上马车。”

“我上马车不久就有了怀疑，我发现我坐的不是一般的四轮马车。它比伦敦街头常见的那些寒碜的四轮马车宽敞得多，里面装饰旧是旧些，但挺讲究。拉蒂摩先生在我对面坐着，我们穿过查林十字广场和谢夫特斯贝里大街，来到了牛津街。我刚想说这样去肯辛顿是兜圈子，但我同伴的奇特举动打消了我的念头。”

“他掏出一根模样吓人、灌了铅的圆头短棒，来回舞了几下，好像是试试它的分量和威力。然后一声不吭地把短棒放在他座位旁边。接着，他拉上了两边的窗子——为防止我看到外面的情景。我惊讶地发现窗子竟蒙着纸。”

“‘梅拉斯先生，很抱歉挡住了你的视线，’他说，‘因为我不想让你知道我们去哪里，否则，我们可能会有些不便。’”

“你们可以想象得到，我听了后有多吃惊。他是个身强力壮、膀大腰圆的年轻人，即使他没有拿武器，我也根本不是他的对手。”

“‘拉蒂摩先生，你怎么能这样做，’我结结巴巴地说，‘我得告诉你，这样做是非法的。’”

“‘这有些失礼，’他说，‘但我们会给你补偿的。我得先警告你，梅拉斯先生，今晚不管什么时候，要是你企图报警或做任何不利于我们的事情，都是非常危险的。请记住，没人知道你在哪里，不管是在这辆马车还是在我家里，你都逃不出我手心的。’”

“他说话的声音不大，但很刺耳，听起来挺吓人。我默默地坐着，揣测他究竟为什么要用这种奇特的方式绑架我。但不管怎样，我是反抗不了的，只有任人宰割了。”

“马车跑了两小时，我根本不知道我们是去哪里。有时，马车碾过石子时发出的声响表明我们是在石子路上；有时，马车不声不响地向前行驶，表明我们是在柏油马路上。除了这些声音上的变化外，再没其他东西能让我猜出我们在哪里。两边的窗子蒙着纸，根本不透光，马车前面的玻璃窗也拉上了蓝色窗帘。我们

是八点十五离开蓓尔美尔街的，到马车终于停了下来时，已经十点五十了。拉蒂摩拉开窗帘，我看到了一个低低的拱形大门，上面亮着一盏灯。我匆匆跳下马车时，大门打开了，我走进院子，模模糊糊地看见那里有块草坪，旁边还有好多树。但我不能断定那是私人花园住宅还是真正的乡下。”

“屋里有盏彩色的煤气灯，拧得很小，屋子倒是很大，墙上挂了好多画。昏暗的灯光里，给我们开门的是个身材矮小的中年人，长相猥琐，两肩向前佝偻着。他转身向着我们时，有道亮光闪了闪，我才发现他戴了眼镜。”

“‘是梅拉斯先生吗，哈罗德？’他问。”

“‘是的。’”

“‘好，好！梅拉斯先生，我希望你没对我们产生坏印象，我们需要你。如果你和我们合作，我们会报答你的。但你要是想要我们，那就走着瞧吧。’他说话时显得很紧张，声音颤抖着，还夹有咯咯的干笑声。不知怎的，我觉得他比那个年轻人还要可怕。”

“‘你们让我做什么？’我问。”

“‘你只要向那位拜访我们的希腊绅士问几个问题，然后把他的答复告诉我们就行了，不过，你得照我们所说的去做，不然……’他又咯咯地干笑了一声，‘我们会让你生不如死的。’”

“他边说边打开了一扇门，带我走进一间摆设异常豪华的屋子，屋内用来照明的却是一盏拧得很小的灯。这是个大房间，铺着软绵绵的质地很好的地毯。几张蒙着丝绒的椅子，一个高大的白色大理石壁炉台，壁炉台的一侧还有一样像是日本铠甲的东西。

灯的正下方有一把椅子，那个年纪大一点儿的示意我坐到那把椅子上去。年轻人出去不久，突然从另一扇门又进来了，一个身穿肥大睡衣的人跟着他慢慢向我们走来。当这个人走到昏暗的灯下时，我才看清他的长相，这一看把我吓得魂飞魄散。他的脸像死人一样苍白，神色憔悴，一双鼓鼓的明亮的大眼显示他尽管体力不支，但意志却很坚强。比他虚弱的身体更让我吃惊的是，他脸上很可怕地贴着横七竖八的胶布，他的嘴，更是让一块大胶布给封上了。”

“‘石板拿来了吗，哈罗德？’年纪大一点儿的那个人见那个怪人有气无力地瘫坐到椅子上，大声叫道，‘松开他的手了吗？把铅笔拿给他吧。梅拉斯先生，你来问问题，让他把答案写下来。你先问他是否准备在文件上签字。’”

“那个人的眼睛里立刻喷射出怒火。”

“‘决不！’他用希腊文在石板上写道。”

“‘没有商量的余地吗？’我按那个恶棍的话问道。”

“‘除非我亲眼看到她在一位我认识的希腊牧师的主持下结婚。’”

“年纪大一点的那个恶棍又阴险地咯咯笑了笑。”

“‘那么你知道后果是什么吗？’”

“‘我什么都不在乎。’”

上面只是我们这种奇特的半说半写式问答的一些片断。我被迫一再问他是否愿意妥协下来，在文件上签字，而他一次次愤怒地拒绝了。但是，很快，我就想了个好办法。我开始在每个问题

后加上我自己的一些话。我开始只加了一些无关紧要的话，想看看他们能否察觉出来。当我发现他们毫无察觉时，我就玩起了更危险的游戏。我们的谈话大致是这样的：

“‘你固执下去是没好处的。你在伦敦有亲人吗？’”

“‘我不在乎。我在伦敦举目无亲。’”

“‘你得把命运抓在自己手上。你在这儿多久了？’”

“‘随便它吧。三个星期了。’”

“‘这财产永远不属于你了。他们怎么折磨你？’”

“‘决不能让它落到恶棍手上。他们不给我东西吃。’”

“‘你签字就有自由。这是哪里？’”

“‘我不会签字的。我不知道。’”

“‘你也不为她想想？你叫什么名字？’”

“‘我要听她亲口对我说。克拉狄德斯。’”

“‘你签完字就能见到她。你从哪里来？’”

“‘那我就甘愿不见她。雅典。’”

“要是再给我五分钟，福尔摩斯先生，我就能在他们眼底下弄清一切事情，或者我的下一个问题就能问个大概了，可就在这时，房门突然开了，走进来一个女人。因为光线太暗，我没能看清她的长相，只觉得她个子很高，体态优雅，一头黑发，穿着件宽松的白色睡袍。”

“‘哈罗德，’她用蹩脚的英语说道，‘我一天也不能待了。这里太孤独，只有……啊，上帝，是保罗！’”

“她最后那两句话是用希腊语说的。话音刚落，那个人猛地把嘴巴上的胶布撕掉了，尖声叫道：‘索菲！索菲！’一面扑到女人的怀中，然而他们只拥抱了一下，那个年轻人抓住女人，把她推出了房间；而那个年纪大一点儿的则毫不费力地抓着那虚弱的受害者，从另外一道门把他拖了出去。一时间，屋里就剩我一个人。我猛地站了起来，心想也许能发现点什么，好清楚自己是在哪里。幸好我没这样做，因为当我抬头四处张望时，那个年纪大的恶棍已经回到房门口了，他两眼紧盯着我。”

“‘好了，梅拉斯先生，’他说，‘你都看见了，我们是完全信任你才让你介入我们的私事的。我们原本不想麻烦你的，我们原来有位懂希腊语的朋友，但他突然有事回东方去了，所以我们只有找人替他。我们听说你水平不错，就很荣幸地请了你。’”

“我点了点头。”

“‘这是五英镑，’他边说边向我走来，‘我希望你别嫌少。但是得记着，’他轻轻拍了拍我的胸脯，咯咯地笑着说，‘要是你向任何人提起了这件事——我是说任何人——那么，你就是自寻死路！’”

“我简直形容不出这个丑恶的家伙让我感到有多厌恶和恐惧了。灯光这时照到他身上了，所以我比较清楚地看到了他。他脸色憔悴枯槁，一撮蜡黄的胡须又细又稀。说话时脸向前伸，嘴角和眼帘不停地抖动，像是患了舞蹈症。我不由得想到，或许他那断断续续的怪笑也是某种神经病的症状。然而，最让人害怕的是他那双眼睛。他的眼睛是铁灰色的，目光冷酷、歹毒、凶残。”

“‘我们会知道你有没有把事情说出去的。’他说，‘我们

有办法知道。马车现在在外面等着，我朋友会送你回去的。’”

“我被领着匆匆过了大厅，上了马车。我出来时又看到了草地和树木。拉蒂摩紧跟着我上了车，一声不响地又坐在了我对面。窗子也像来时一样关得紧紧的。我们默默地行驶着，半夜过后，马车终于停下了。”

“‘梅拉斯先生，就在这下车吧。’拉蒂摩说，‘这儿离你家还很远，但没办法，我只好很抱歉地让你在这下车。你要是想跟踪我的话，那你是自寻苦吃。’”

“他边说边开了车门。我刚下马车，车夫就挥起鞭子，驾着马车飞快地驶去了。我惊恐地环视四周，发现我正站在荒野中，周围是黑黝黝的金雀花丛。一边的远处有一排房屋，楼上的窗户里亮着灯；另一边是铁路的红色信号灯。”

“把我带到那儿的马车早已不见踪影了。我站在那里呆呆地四处望着，想弄清我到底在哪儿。就在这时，我看到黑暗中有个人正向我走来。等他走近，我才看清原来是个铁路搬运工。”

“‘你能告诉我这是哪里吗？’我问。”

“‘旺兹霍斯荒地，’他说。”

“‘哪儿能坐火车回城呢？’”

“‘向前走一英里就能到克拉窠中转站，’他说，‘你刚好能赶上去维多利亚车站的末班火车。’”

“福尔摩斯先生，这就是我的冒险经历。除了我刚才告诉你的那些事情外，我既不知道那是什么地方，也不知道和我说话的人是谁。但我知道那里进行的是某种肮脏的勾当，我想尽力帮那位可怜人。第二天一早我把事情告诉了你哥哥，后来又向警察报了案。”

这段离奇的经历听完后，我们都默坐在那里，谁也没吱声。夏洛克看了一眼他哥哥。

“采取了什么措施没有？”夏洛克问。

迈克罗夫特拿起桌上的《每日新闻》报，上面登着：

今有一不通英语之希腊绅士保罗·克拉狄德斯自雅典来此，已告失踪；另有一希腊女士索菲也告失踪。如有知情者相告，定当重谢。X2473号。

“今天每个报纸都刊出了这个广告，但没任何回音。”迈克罗夫特说。

“希腊使馆怎么说？”

“我问过了，他们一点也不知情。”

“给雅典警察总部发过电报吗？”

“我家就数夏洛克精力最充沛了，”迈克罗夫特转身对我说，“这个案子就交给他了。如果有消息，请告诉我。”

“那当然，”我朋友站起来答道，“我一定会告诉你和梅拉斯先生的。至于眼下，梅拉斯先生，我要是你的话，一定会多加小心的，他们一看广告，就知道一定是你把他们给卖了。”

回家的路上，福尔摩斯说：“今晚我们不虚此行。有不少很有趣的案子就是通过我哥哥转到我手上来的。刚才我们听到的这个案子，虽然可能只有一种解释，但还是很有特点。”

“有希望查出来吗？”

“有，我们已经知道了这么多情况，如果还查不出来，那就怪了。听了刚才那些情况，你自己也有一些想法吧？”

“模模糊糊有点吧。”

“那你是怎么看的？”

“依我看，这个希腊姑娘显然是那个叫哈罗德·拉蒂摩的英国人拐来的。”

“从哪里拐来的？”

“也许是从雅典。”

夏洛克·福尔摩斯摇了摇头。“那个年轻的英国人连一句希腊话都听不懂，而那姑娘却能说一口比较好的英语。由此我们可以推断，她在英国有一段时间了，而他没有去过希腊。”

“那么，我们可以假设她是来英国玩的，而那个哈罗德劝她和自己私奔。”

“这种可能性最大。”

“后来，她哥哥——我想他们之间肯定是这种关系——从希腊赶来干涉，不幸落入了那青年和同伙的手中。他们绑架了他，企图用暴力逼迫他在一些文件上签字，让他把姑娘的财产转给他们，因为姑娘的哥哥可能是这笔财产的托管人。但姑娘的哥哥不干。为了和姑娘的哥哥谈判，他们只好找了翻译。他们曾用过一位翻译，现在又选中了梅拉斯先生。姑娘并不知道她哥哥到英国了，直到两天前才很偶然地发现了。”

“完全正确，华生！”福尔摩斯大声说，“我想事实跟这差不多。你看，我们胜券在握了，就怕他们会突然使用暴力。只要我们来得及，就能把他们捉拿归案。”

“可那房子怎么去找呢？”

“嗯，如果我们的推理正确，而且那个姑娘确实叫索菲·克拉狄德斯，我们就能找到她。这是我们的希望所在，因为这儿没人知道她哥哥。有一点是很明显的，哈罗德和这位姑娘相处了有一段时间了，至少有那么几星期。因为她在希腊的哥哥都知道了这事，而且还从雅典赶来了。如果他们这段时间一直住在一个地方，我哥哥的广告一定会给我们带来一些消息。”

我们边走边说，回到了贝克街的寓所。福尔摩斯先上了楼。他打开房门时，不由得吃了一惊。我越过他肩膀一看，也吃了一惊，他哥哥迈克罗夫特正坐在安乐椅上抽烟。

“进来吧，两位。”看到我们一脸的惊讶，他和蔼地笑着说，“没料到吧，夏洛克？可不知道为什么，我被这个案子给吸引住了。”

“你是怎么来的？”

“我坐双轮马车赶过了你们。”

“那一定是有新情况啰？”

“我的广告有回音了。”

“啊！”

“你们刚走几分钟就有了回音。”

“什么样的回音？”

迈克罗夫特·福尔摩斯拿出一张纸说：“在这儿。写信的是个身体虚弱的中年人，用的是一支宽尖钢笔。信纸是淡黄色的印刷纸。”信是这样的：

先生：

我看到了您今天登在报纸上的广告，特告诉您我非常熟悉那位女士的情况。如果您能屈驾光临寒舍，定将此女之惨史相告。她现在住在贝肯罕姆区的默特斯。

您忠实的

J. 达文波特

“信是从下布力克斯顿寄出的。”迈克罗夫特·福尔摩斯说，“夏洛克，我们要不要现在就坐车去他那里了解情况？”

“我亲爱的哥哥，救那哥哥的命比了解他妹妹的情况更重要。我看我们该去苏格兰警局，请格雷格森警长和我们一起去贝肯罕姆。我们已经知道这个人很危险了，每分每秒都至关重要。”

“最好顺路叫上梅拉斯先生，”我建议道，“也许我们需要个翻译。”

“好主意，”夏洛克·福尔摩斯说，“让人叫辆四轮马车来，我们立刻就走。”他边说边打开桌子抽屉，把手枪拿出来放进口袋。他见我在看着他，便说：“根据我们所了解的情况看来，我们正在和一伙很危险的歹徒打交道。”

快天黑时，我们赶到了蓓尔美尔街梅拉斯先生家，但他刚被一位年轻先生请走。

“你知道他去哪儿吗？”迈克罗夫特·福尔摩斯问。

“不知道，先生，”开门的女人说，“我只知道他和那位先生是坐马车走的。”

“那位先生没通报姓名吗？”

“没有。”

“那位先生是不是身材高大，长相英俊，皮肤黝黑？”

“哦，不是的，先生。那位先生个子不高，比较瘦，戴眼镜。他很讨人喜欢，说话的时候一直在笑。”

“快走！”夏洛克·福尔摩斯突然叫道，“情况非常紧急。”我们坐马车赶向苏格兰警局时，他又说道，“这几个人又把梅拉斯带去了。他们那晚和他打交道时就发现他比较懦弱，所以觉得他好欺负。他们显然需要他做翻译，但事后，他们就很可能会借口他背叛了他们而干掉他。”

我们原来希望坐火车去贝肯罕姆可以和他们的马车一起到达，甚至比他们先到。但我们赶到苏格兰警局后，花了一个多小时才找到格雷格森警长，办完允许进入民宅的法律手续。我们四人赶到伦敦桥车站时是九点三刻了，十点半到贝肯罕姆车站后，又坐了半英里马车才赶到默特斯。这是一个阴森森的大宅院，单门独户，离马路有一段距离。我们在这里下了车，一起沿车道向房子走去。

“窗户里什么光都没有，”警长说，“好像这房子根本没人住。”

“我们的鸟儿已经飞走了，只剩下了这空空的鸟巢。”福尔摩斯说。

“你为什么这么说？”

“一辆满载行李的马车离开还不到一个钟头。”

警长笑着说：“借着大门口的灯光我看到了车辙，可你凭什么说载满了行李呢？”

“你看到的可能是驶进来的同一辆车，但离开时的马车车辙要深得多，显然车上装了很多东西。”

“这方面你比我强，”警长耸耸肩说，“但这扇门很难打开。让我来试试，看里面有没有人能听到我的叫门声。”

他使劲地拨拉门环，又用力拉门铃，但毫无反应。夏洛克·福尔摩斯离开一会儿后又返了回来。

“我已经打开一扇窗户了。”夏洛克说。

看到我朋友开窗的那巧妙办法，警长说：“福尔摩斯先生，幸亏你是自己人，要是你与我们作对的话，那我们可惨了。不过，在某些情况下，我想我们是可以破门而入，进到民宅里去的。”

我们一个个爬进窗户。这座大房子显然就是梅拉斯先生上次来过的地方。警长点亮提灯，我们借着灯光看到了梅拉斯提到过的两扇门、窗帘、灯和日本铠甲。桌上摆着两只玻璃杯，一个空白兰地酒瓶和一些残杯冷炙。

“什么声音？”夏洛克·福尔摩斯突然问道。

我们都站在那里静静地听着，从我们头顶上面的什么地方传来了一阵低低的呻吟声。福尔摩斯急忙跑进了大厅，呻吟声是从楼上传来的。他率先冲上楼，警长和我紧跟其后，身体肥胖的迈克罗夫特也尽可能快地跟在了后面。

二楼楼梯口有三个门，那可怕的声音是从中间那个门里传出来的，时而是低低的呻吟，时而是尖利的哀嚎。门被锁着，但钥匙却没拔走。夏洛克打开门冲进去后又立刻用手卡着喉咙退了出来。

“是炭火，”他叫道，“等烟散了之后再进去。”

我们向屋内望去，发现里面唯一的亮光来自正中央一个小铜鼎上摇曳的蓝色火焰，它在地板上画出一个青灰色的光圈。黑黑的墙边隐隐约约有两个蜷缩着的人。一股可怕的毒气从里面冲了出来，把我们呛得喘不过气来，一个个连连咳嗽。夏洛克跑到楼顶猛吸了口新鲜空气，然后冲进房间，推开窗，把铜鼎扔到花园里去了。

“我们马上就能进去了，”他跑到外面喘着气说，“蜡烛在哪里？我看火柴在那种空气里可能划不着。迈克罗夫特，你在门口举着灯，我们进去救人！”

我们冲了进去，把两个中毒的人拖到了有亮光的过道上。他们都昏死过去了，嘴唇乌青，面部肿胀、充血，眼睛鼓了出来。这两个人的脸都变形得很厉害，如果不是他的黑胡子和肥胖的体形，我们根本就认不出其中一个就是几小时前和我们在第欧根尼俱乐部分手的那位希腊译员。他的手脚被人捆得紧紧的，一只眼睛上有被毒打的痕迹。另一个人也被捆住了手脚，他身材高大，已经憔悴得不像人样，贴了一脸的奇形怪状的胶布。我们把他放到地板上时，他已经停止了呻吟。我一眼就看出，对他来说，我们来得太晚了，但梅拉斯先生还活着，给他服了阿摩尼亚和白兰地后，不到一小时，他就睁开了双眼。我知道我已经把他从死神那儿拉回来了。

梅拉斯简单地向我们介绍了一下情况，与我们的推论完全一致。那个去找他的人一进他家，立刻从衣袖拿出一根棍子，威胁

说要干掉他，然后又一次绑架了他。那个奸笑的恶棍留给我们这位可怜的语言学家的印象实在是太可怕了，只要提起那恶棍，他就会吓得面无人色，浑身颤抖。他很快就被带到了贝肯罕姆，第二次充当翻译，这一次比上次更富有戏剧性。那两个英国人威胁他，要他按他们所说的去做，不然就马上杀了他。当他们看到所有的威胁都毫无作用后，又把他囚禁了起来。最后，他们用棍子打昏了他，此后的事情，梅拉斯就不知道了。他醒转过来时首先看到的是我们在俯身救他。

这就是那位希腊译员的奇案，其中有些事情至今还是个疑团。我们从答复我们广告的那位先生那里了解到，那位不幸的小姐来自一个富有的希腊家庭，到英国来看望几个朋友时，遇到了那个叫哈罗德·拉蒂摩的年轻人。拉蒂摩控制了她，并且最终说服了她一起私奔。她的朋友们得知此事后大吃一惊，为洗脱干系，连忙给她在雅典的哥哥报信。她哥哥一到英国，就不慎落入了拉蒂摩和他那个叫威尔逊·肯普的同伙手上，而那个肯普是个声名狼藉的坏蛋。这两个坏蛋发现他不懂英语，对他们没用，便把他关了起来。为得到他和他妹妹的财产，用毒打和饥饿逼迫他签字。他们把他关在屋里，不让姑娘知道。为防万一姑娘碰巧见到她哥哥时把他认出来，还故意贴了他一脸的胶布。然而由于女性的敏感，译员第一次在那儿的时候，她第一次见到她哥哥便把他认了出来。但这可怜的姑娘自己也是阶下囚，因为在那院子里，除了一对赶马车的夫妇外，再没有其他人了，而赶马车的夫妇又都是那两个坏蛋的帮凶。他们见秘密被揭穿，而姑娘的哥哥又软硬不吃，他们便带着姑娘逃离了他们租来的那套房子，并在离开前先报复了那个竟敢反抗他们的人和那个出卖他们的翻译员。

几个月后，有人从布达佩斯给我们寄来了一则从报纸上剪下来的奇闻，说有两个英国男人和一个妇女一起旅行，在那里出了事。两个男人都被刺死了，匈牙利警方认为他们是争风吃醋，互相残杀而死。不过，福尔摩斯却不这么认为，他至今一直相信，要是能找到那位希腊姑娘，人们就能弄清她是怎样给她哥哥和她自己报仇的。

海军协定

就在我刚刚结婚的那一年七月里，由于发生了三件重要的案子一直令人难以忘怀，在这些案子里，我才有幸与夏洛克·福尔摩斯一起工作并研究他的侦查方法。我将它们记在了我的笔记本中，标题分别是《第二块血迹》、《海军协定》和《疲倦的船长》。然而，其中第一件案子牵涉的利益太大了，并且牵连到国王的许多豪门显贵，以至于很多年都没有公之于众。然而，和这件案子相比，在福尔摩斯经手的其他案子中，没有哪件案子能更清楚地阐释他的分析方法的价值的，也没有哪件案子能给与他合作的人留下更深刻印象的。我现在还保留着一份几乎一字不差的谈话记录，福尔摩斯在其中向巴黎警察署的杜布克先生和波兰格但斯克的著名专家弗里茨·冯沃尔鲍讲述了该案的事实真相。这两位先生都在该案上花费了不少精力，但结果证明他们抓的都是细枝末节。不过，只有等新世纪来临，该案才能安全发表。因此我打算发表笔记本中的第二件案子，曾有一段时间，这件案子一直成为关乎国家利益的大事，并且因为一些独特的细节而使它显得引人注目。

在我的学生时代，我和一个名叫珀西·菲尔普斯的少年交往密切，他和我差不多同样的年龄，却比我高出两级。他是个很优秀的男孩，摘得过学校颁发的一切奖项，以出色的成绩毕业，获得了奖学金，进入剑桥大学继续深造。我记得，他有一些很显赫的亲戚，甚至当我们还是孩子、在一起玩耍的时候，我们就知道他的舅舅是霍尔德赫斯特勋爵，一位伟大的保守党政治家。但这些显赫的亲戚并没有让他在学校获得什么好处。相反，我们会经常在运动场上捉弄他，用旋转铁环撞他的小腿，这对我们来说倒是令人刺激的事情。但是，当他走出学校步入社会之后，情况就大大变样了。我隐隐约约地听说，他凭着自己的才能和显赫亲戚的影响力，在外交部谋得了一份美差，后来我完全忘了他，直到下面这封信才让我又想起他来：

沃金，布里尔布雷

我亲爱的华生：

我毫不怀疑你还能回忆起“蝌蚪”菲尔普斯，当你读三年级时，我在读五年级。甚至你也可能听说过，我通过我舅舅的影响力，而在外交部获得了一项美差，而且颇受信任和尊敬。但一件可怕的灾难突然降临，毁了我的前程。

在此写明这件灾难的详细情况也没有用。只有你答应我的请求，我才会把这件事口述给你听。我神经错乱已经九个星期了，刚刚恢复过来，而且我还是极其虚弱。你看你能不能邀请你的朋友福尔摩斯先生前来看我？我很想听听他对这件案子的意见，尽管当局对我说他们对此事再也无能为力了。请尽量带他来，越快越好。我生活在惊恐不安之中，简直是度日如年。请向他说明，我之所以没有及时向他请教，并不是因为我不欣赏他的天才，而

是因为我大祸临头导致头脑不清。现在我已再次清醒过来，但是我又不敢多想此事，因为我担心会旧病复发。我还很虚弱，你可以看出来，此信是我口述的。务必请他来一趟。

你的老同学，珀西·菲尔普斯

我读了这封信很是震撼，他反复呼吁请福尔摩斯去又令人同情。我深受感动，即使这件事再困难，我也要努力去做；不过，我当然很清楚，福尔摩斯很珍爱自己的技能，所以只要他的委托人乐意接受，他总是会随时伸出援手。我妻子和我一致认为，应该把这件事告诉福尔摩斯，一分钟都不能耽误。于是，早餐后不到一小时，我又一次回到了贝克街那栋老房子里。

福尔摩斯穿着睡衣，坐在靠墙的桌子边上，正在聚精会神做化学试验。一只圆形的蒸馏瓶正在本生灯蓝色的火焰上猛烈地沸腾着，冷凝后的蒸馏水流入一个两升的量具中。当我走进来时，福尔摩斯连头都没抬，我看出他的试验一定很重要，就自己坐在扶手椅上等着。他瞅瞅这个瓶子，瞧瞧那个瓶子，用玻璃吸管从每个瓶子里吸出几滴液体，最后拿出一个装有溶液的试管放到桌上。他的右手拿着一张石蕊试纸。

“你来得正是时候，华生，”他说，“如果这张纸仍然保持蓝色，就一切正常。如果它变成了红色，这溶液就能置人于死地。”他把试纸浸入试管，试纸立即变成了暗淡而污浊的深红色。“嗯哼！我想就是这样！”他喊道。“我马上就可以听你吩咐了，华生。你可以在那双波斯拖鞋里找到烟叶。”他转身走向书桌，飞快地写了几份电报，把它们交给了小听差。然后，他坐到对面的椅子上，

弯着双膝，双手紧紧抱住他那瘦长的小腿。

“一件普通的小凶杀案，”他说，“我想，你给我带来的案子会有趣得多，你是无事不登三宝殿的。华生，出什么事了？”

我把信递给他，他全神贯注地读了起来。

“这封信并没有告诉我们多少东西，是吧？”他把信还给我时说。

“几乎没说任何事情。”

“不过这笔迹很值得注意。”

“但这笔迹不是他本人的。”

“确实如此，是一个女人的。”

“一定是男人的。”我大声说。

“不，是一个女人的，而且是一个性格不俗的女人。你看，从调查一开始，我们就知道，你的委托人和某个人有密切的关系，而那个人无论从好的方面还是从坏的方面来看，都具有特殊的性格。我对这件案子已经很感兴趣了。如果你准备好了，我们就立即动身前往沃金，去看那位遭遇了这种不幸的外交官，以及代他写口述信的那位女士。”

我们很幸运地在滑铁卢车站搭上了一趟早班车，不到一个小时我们就到了沃金的冷杉和石南树丛中。布里尔布雷原来是一座很大的、孤立的房子，坐落在一片辽阔的土地上，步行去车站也只有几分钟的路程。我们递进了名片，被带到了一间摆设雅致的客厅，几分钟之后，一个很壮实的男人出来了，他非常热情地接待了我们。他的年龄接近四十岁，但双颊红润，眼神愉悦，所以

仍然给人一种天真无邪的孩童印象。

“非常高兴你们的到来，”他热情地握了握我们的手说，“珀西整个早上都在打听你们的消息。啊，可怜的老朋友；他会抓住每一根救命稻草的！他的父母要我来迎候你们，因为只要一提到这件事，他们就非常痛苦。”

“我们还不知道案子的详细情况，”福尔摩斯说，“我看你不是这个家庭的成员吧。”

我们的新相识看上去很惊讶，然后他低头看了一下，开始大笑起来。

“当然你是看到我项链坠上的花押字‘JH’了，”他说，“一开始我还以为你有什么高明之处呢。我叫约瑟夫·哈里森，因为珀西就要和我妹妹安妮结婚了，因此我至少也算一个姻亲。你们会在他房间见到我妹妹，两个月来她无微不至地照料着他。或许我们最好现在就进去，因为我知道他等得多么不耐烦了。”

我们要去的房间和会客室在同一层。这个房间布置得既像起居室，又像卧室，每个角落都优雅地摆放着鲜花。一个脸色惨白、身体衰弱的年轻男子躺在沙发上，这个沙发靠近打开的窗户，花园浓郁的花香和夏天馨香的空气透过窗户扑鼻而来。一个女人坐在他旁边，我们进屋时，她站了起来。

“要我离开吗，珀西？”她问。

珀西抓住她的手，不让她走。“你好，华生！”他亲热地说。“你留着胡子，我都认不出来了，而且我敢说你也不一定能认出我来了。我猜这就是你那位大名鼎鼎的朋友夏洛克·福尔摩斯先生吧？”

我简短地作了一下介绍，然后我们都坐了下来。那个壮实的中年人离开了我们，可是他妹妹仍然留在那里，她的手被病人拉着。她是一个长相引人注目的女子，身材有些矮而胖，显得不太匀称，但有一张美丽的橄榄色脸庞，一双大大的、乌黑的意大利人的眼睛，一头深黑色的头发。她那光泽亮丽的容貌，使她的伴侣那苍白的面孔在相比之下更显得衰弱而憔悴。

“我不愿浪费你们的时间，”他从沙发上坐起来说，“我就开门见山讲这件事。我是一个快乐而成功的人，福尔摩斯先生，而且就要结婚了，但一件突如其来的可怕的灾难毁掉了我一生的前程。”

“华生可能已经告诉你了，我在外交部供职，通过我舅舅霍尔德赫斯特勋爵的关系，我很快就升到了重要职位。我舅舅在本届政府担任外交大臣，他交给了我一些重要的任务，而我总是能圆满地完成使命，他也终于对我的才能和机智产生了充分的信任。”

“大约十个星期以前——更确切地说，是在5月23日——他把我叫到他的私人办公室，在称赞了我的工作干得很好之后，他又告诉我，他有一项新的重要任务要交给我去执行。”

“‘这个，’他从写字台里拿出一卷灰色的纸说，‘是英国和意大利之间签订的秘密协定的原本，我不得不很遗憾地告诉你，报纸上已经透露了一些传闻。最重要的是，不能再走漏任何消息。法国和俄国大使馆正打算出巨资来获取这些文件的内容。如果不

是非常需要一份抄本，我绝不会从我的写字台里把它拿出来。你办公室有书桌吗？’”

“‘有，先生。’”

“‘那么，把这份协定拿去，锁到书桌里面。我要提醒你的是，其他人下班走后，你可以留下来，这样你就可以从容不迫地抄写，而不必担心有人偷看。你抄好之后，再把原件和抄本锁到书桌里面，明天早上把它们交给我本人。’”

“我拿了这份文件，然后——”

“对不起，请稍停一下，”福尔摩斯说，“说这些话的时候，只有你们两个人在吗？”

“没错。”

“在一个大房间里？”

“30英尺见方的房子。”

“是在房子中间吗？”

“是的，差不多。”

“而且说话的声音很低？”

“我舅舅的声音一直都非常低。我几乎就没有说话。”

“谢谢，”福尔摩斯说，又闭上了眼睛；“请继续讲。”

“我完全按照他的指示做了，一直等着其他几个职员离开。我办公室同事中有一个叫查尔斯·戈罗特的人，他还有一些扫尾的工作需要做完，于是我就让他留在那儿，自己出去吃晚饭了。当我回来时，他已经走了。我急着想把这项工作做完，因为我知道约瑟夫——你们刚才见过的哈里森先生——正在城里，他将搭乘 11 点钟的火车到沃金去，我也想尽可能赶上这趟火车。”

“我看过这份协定后，就立即明白了它的重要性，我舅舅的话一点都不夸张。不用细看，我就可以说，这份协定确定了大不列颠王国对三国同盟的立场，同时也预先确定了如果法国海军在地中海取得了对意大利海军的完全优势时，英国政府将要采取的对策。协定涉及的问题纯属海军方面的。协定最后是双方高级官员的签名。我匆忙扫视了一眼，然后着手抄写。”

“这份文件很长，是用法文写成的，包括 26 项条款。我尽可能快地抄写，但是到了九点钟我才抄完九条，看来我是没希望赶上火车了。我感觉昏昏欲睡，头脑发麻，因为我晚饭没有吃好，加上又工作了一整天。我想，喝杯咖啡可能有助于清醒头脑。有一个看门人会整夜留在楼下的一个小门房里，按惯例用酒精灯给每一个加班的职员煮咖啡。因此，我就按铃招呼他。”

“令我惊奇的是，答应我的是一个女人，是一个身材高大、面容粗陋的老太婆，她系着一条围裙。她解释说，她是看门人的妻子，是干杂活的，我就让她去煮咖啡。”

“我又抄了两条，然后感觉更困乏了，我就站起身来，在办公室里四处走动，好伸展一下我的腿脚。我要的咖啡还没有送来，我就想知道为什么这么慢。我打开门，顺着走廊走过去看。从我正在抄写文件的房间出来，是一条光线昏暗的、笔直的走廊，这也是我办公室唯一的出口。走廊尽头是一个弯形楼梯，看门人的小门房就在底层的过道旁。楼梯下去的中间是一个小平台，在右

侧有另一个走廊通到这个平台。这第二个走廊有一小段楼梯通向一个旁门，是专供仆人用的，也是职员们从查尔斯街进楼的一条捷径。这就是那个地方的草图。”

“谢谢，我想我完全听懂了你的情况，”夏洛克·福尔摩斯说。

“极其重要的是你得注意这一点：我走下楼梯，进入大厅，发现看门人在他的房间里睡得正熟，咖啡壶正在酒精灯上猛烈沸腾。我取下咖啡壶，吹熄了酒精灯，因为咖啡都溢到地板上了。然后，我伸手想要去摇那个正睡得呼噜呼噜响的门房，忽然他头顶上铃声大作，他立刻惊醒过来。”

“‘菲尔普斯先生！’他叫道，并困惑地望着我。”

“‘我下来看我的咖啡是不是煮好了。’”

“‘我正在煮着，不知不觉就睡着了，先生。’他看了看我，然后又抬头望着仍在颤动的铃铛，脸上的惊讶之色越来越浓。”

“‘既然你在这里，先生，那么谁在按铃呢？’他问道。”

“‘铃！’我叫道，‘什么铃？’”

“‘这是你办公室的铃。’”

“好像有一只冰冷的手揪住了我的心。那也就是说，有人在我办公室，而我那份珍贵的协定就放在桌子上。我发疯似的跑上楼梯，顺着走廊跑去。走廊里没有一个人，福尔摩斯先生，屋子里也没有任何人，一切都和我离开时一模一样，只是那份交给我保管的文件被从桌上拿走了。抄本还在那儿，原件却不见了。”

福尔摩斯笔直地坐在椅子上，搓着双手。我能看出，这件案子勾起了他的兴趣。“请原谅，然后你是怎么办的？”他低语道。

“我立即想到，窃贼一定是从旁门上楼梯的。如果他是从正门上楼的，那我当然一定会碰上他的。”

“你确信他不可能一直藏在房间里，或藏在走廊里吗？你刚才不是说走廊灯光很暗吗？”

“绝对不可能。无论是房间里面还是走廊上，一只老鼠都藏不住。根本没有藏身之处。”

“谢谢。请往下说。”

“看门人见我脸色苍白，知道出了什么可怕的事情，就跟着我到了楼上。我们两个顺着走廊向前跑去，来到了通往查尔斯街的那个陡峭的楼梯前。楼底下的旁门关着，但是没有锁。我们紧急推开门，冲了出去。我记得很清楚，我们下楼时，邻近的钟敲响了三下。时间是十点差一刻。”

“这一点非常重要，”福尔摩斯说，同时记在了他的衬衫袖口上。

“这天晚上天很黑，下着温润的细雨。查尔斯街空无一人，但是在街尽头的白厅路却像平常一样交通繁忙。我们沿人行道跑过去，连帽子也没戴；在很远的拐角处，我们看到一个警察正站在那儿。”

“‘发生了偷盗案，’我气喘吁吁地说，‘一份极其珍贵的文件被从外交部偷走了。有什么人从这条路过去吗？’”

“‘我已经在这儿站了一刻钟，先生，’警察说，‘在这段

时间里，只有一个人经过——一个高个子老妇人，披着一条佩兹利披巾。’”

“‘啊，那正是我妻子，’看门人大声喊道；‘没有其他人过去吗？’

“‘一个人也没有了。’”

“‘那么，那小偷一定是从另一条路逃走了，’这家伙喊着，并扯着我的袖子。”

“但是我并不相信，他想把我引开的企图反而增加了我的怀疑。”

“‘那个女人是朝哪条路走的？’”

“‘我不知道，先生。我看到了她过去，但是我没有特殊的理由去注视她。她似乎很匆忙。’”

“‘有多长时间了？’”

“‘嗯，没有几分钟。’”

“‘有五分钟吗？’”

“‘嗯，不超过五分钟。’”

“‘你只是在浪费你的时间，先生，现在每一分钟都很重要，’看门人大喊道；‘请相信我，我的老婆子和这件事毫不相干，快到这条街的另一头去。好，你不去，我去。’说完，他就朝另一个方向跑远了。”

“但是我立刻追上了他，抓住了他的袖子。”

“‘你住在哪里？’我问。”

“‘布里克斯顿区艾维巷16号，’他回答道，‘但是你不要

让自己被假线索给迷惑了，菲尔普斯先生。我们到这条街的另一端去，看我们是否能听到什么消息。’”

“按照他的建议去做也不会有什么坏处。我们两个人和那个警察都急忙跑过去，只见街上车水马龙，人来人往，大家只是急切地想着在这下雨的晚上赶紧回到安身之处。没有一个闲逛的人能告诉我们，谁曾从这儿走过。”

“然后，我们又返回办公室，把楼梯和走廊搜查了一遍，却一无所获。通往办公室的走廊上铺着一种米色的毡布，可以很容易看出脚印来。我们检查得非常仔细，可是没有发现一点脚印的痕迹。”

“那天整个晚上都在下雨吗？”

“大约从七点开始下雨。”

“那么，那个女人大约在九点钟进到房间，穿着带泥的靴子却没有留下脚印，这是怎么回事呢？”

“我很高兴你指出了这一点。当时我也想到了这一点。这个女杂工有个习惯，就是在看门人的房里脱掉靴子，换上布拖鞋。”

“那就很清楚了。那么，尽管那天晚上下雨，却没有发现脚印？这一连串事件的确非常值得注意。你们下一步又是怎么做的？”

“我们也检查了房间。这房间不可能有暗门，窗户离地面也足有三十英尺。这两扇窗户都从里面关紧了。地板上铺着地毯，不可能有地道门，天花板是普通的刷白灰的那种。我敢拿性命担保，无论是谁偷了我的文件，都只能从房门逃走。”

“壁炉的情况怎么样？”

“那里没有壁炉，有一个火炉。从电线上垂下来的电铃绳正好在我写字台的右边。无论谁要按铃，都必须到写字台的右侧去按。但是为什么罪犯要去按铃呢？这是一个最难解释的谜团。”

“显然，这件事非比一般。你们下一步是怎么做的？你们检查了房间，我想，你们是想看那位闯入者是否留下了什么痕迹——例如烟蒂、失落的手套、发夹或其他什么小东西？”

“没有这类东西。”

“没有什么气味吗？”

“嗯，我们从没有想到那一点。”

“啊，在调查这样的案件时，一丝烟草味对我们来说也可能会很有价值的。”

“我自己从不吸烟，所以我想，只要屋里有一点烟草味，我就会闻出来的。但房间里面一点烟草味也没有。唯一确凿的事实就是看门人的妻子——那个坦盖太太——匆匆忙忙地从那个地方出来的。看门人对此也无法解释，只是说那女人总是大约在这个时间回家。警察和我一致认为，如果这女人确实偷了文件，那我们最好是在她没有处理掉文件之前，就把她抓住。”

“这时苏格兰场已经接到了报警，侦探福布斯先生立即赶来，全力以赴地接过了这件案子。我们雇了一辆马车，半小时之内就到了看门人告诉我们的那个地点。一个年轻女子开了门，她是坦盖太太的长女。她母亲还没有回来，我们被领进前厅等候。”

“大约十分钟以后，有人敲门，在这里我们犯了一个严重的错误，对此我只能怪我自己。那就是我们没有亲自去开门，而是让那个姑娘去开。我们听到她说，‘妈妈，屋里有两个人正等着要见你。’紧接着，我们就听到一阵急促的脚步声走进过道。福布斯猛地推开门，我们一起跑进后屋或者厨房，但是那女人在我们之前到了那儿。她满眼敌意地望着我们，后来，她突然认出了我，脸上出现了一种极其震惊的表情。”

“‘啊，这不是部里的菲尔普斯先生吗！’她大声说。”

“‘得了，得了，你以为我们是谁啊，为什么要躲着我们？’我的同伴问。”

“‘我以为你们是旧货商，’她说，‘我们和一个商人有些纠纷。’”

“‘这理由不很充足，’福布斯回答道，‘我们有理由相信，你从外交部拿走了一份重要文件，然后你跑到这里处理它。你必须随我们一起去苏格兰场接受搜查。’”

“她抗议和抵抗都是徒劳的。我们叫了一辆四轮马车，我们三个人都坐进了马车。临走前，我们首先检查了这间厨房，尤其是厨房里的火，看她是否在单独一人的那会儿工夫把文件烧掉了。然而，没有一点灰烬或碎屑的痕迹。我们到了苏格兰场，她就立即被交给女搜查员。我焦急不安地等着，最后女检查员送来了报告：文件不见踪影。”

“然后，我才开始意识到我的处境多么可怕。迄今为止，我一直在搜查，根本顾不上思考。我一直非常相信，能立即重新找回那份协定，因此我根本不敢想象，如果我没有找到，后果将会

是什么。不过，现在已经没有更多的地方可查了，我也就有时间来考虑自己的处境了。这太可怕了。华生可能已经告诉过你，我在学校时是一个胆怯而敏感的孩子。这是我的天性。我想到了我舅舅和他在内阁的同僚，想到了我带给他的耻辱，以及我带给自己和亲友的耻辱。我个人成为这一非常离奇的意外事件的牺牲品又算得了什么？外交利益关系重大，绝不允许出任何意外。我算是被毁了，可耻地、毫无希望地被毁了。我不知道我做了些什么。我想我一定是当众大闹了一场。我只模模糊糊地记得有一群同事围着我，尽力来安慰我。其中一个同事陪我坐马车到滑铁卢，送我上了去沃金的火车。我相信，如果当时不是我的邻居费里尔医生也正好搭乘这趟火车的话，这位同事会一直把我送到家。费里尔医生极其细心地照顾我，也多亏他这样做了，因为我在车站就已经昏厥过一次，在我们到家之前，我已经成了一个胡言乱语的疯子。”

“你可以想象，当我的家人被医生的按铃声从梦中惊醒，看到我这种情况时，当时的状况是什么样的。可怜的安妮和我母亲心都要碎了。费里尔医生刚才在车站已经听侦探详细地讲了事情的经过，便把情况讲了一遍，但于事无补。大家都很清楚，我会病很长一段时间，所以约瑟夫被迫匆忙搬出了这间心爱的卧室，把它改成了我的病房。我躺在这里，福尔摩斯先生，已经九个多星期了，昏迷不醒，脑子烧得近乎疯狂。如果不是哈里森小姐在这儿，还有医生的照顾，我现在都不能和你们讲话。她在白天照看我，雇了一位护士在晚上守护我，因为我神经病发作时，什么事都可能做出来。渐渐地，我的神志清醒了，但我的记忆力也只是最近三天才完全恢复。有时我希望它永远不要恢复。我所做的第一件事，就是给接手这件案子的福布斯先生发了一封电报。他来到这里向我保证，虽然用尽了一切办法，却没有找到任何线索，也用了各种手段检查看门人和他的妻子，仍然没有查清楚这件事。然后，警方又怀疑到了年轻的戈罗特，你可能还记得，他就是那天晚上在办公室待了很长时间的那个人。他留在后面离开，以及他的法国姓名，才是他引起警方怀疑的两点；可是，事实上，在他走之前我还没有开始抄写，而且他的家族是胡格诺派教徒血统，但在习惯和感情上，他和你我一样都是英国人的。无论如何，找不出什么根据把他牵连进去，这件案子也就停了下来。我向你求助，福尔摩斯先生，我完全把你当做我最后的希望了。如果你让我失望了，那么，我的地位和荣誉也就永远丧失了。”

菲尔普斯因为说了这么多话而疲惫不堪，便斜靠在垫子上，这时护士给他倒了一杯安神药。福尔摩斯一言不发地坐在那里，头向后仰，双目紧闭，在一个陌生人看来，这似乎是一副无精打采的样子，但是我知道这表明他正在进行非常紧张的思考。

“你讲得很清楚，”他终于说，“我要问的问题已经不多了。但是，还有一个最重要的问题。你告诉过什么人你要执行这项特殊任务吗？”

“一个人都没说过。”

“比如，没告诉过这里的哈里森小姐吗？”

“没有。在我接受命令和执行任务的这段时间里，我没有回过沃金。”

“你的亲友没有一个人碰巧去看你的吗？”

“没有。”

“他们当中有人知道去办公室的路吗？”

“噢，是的，他们都知道。”

“当然，如果你没有告诉过任何人关于协定的事，那么这些询问就没有必要了。”

“我什么都没讲过。”

“你了解那个看门人吗？”

“我只知道他是一个老兵。”

“哪个团的？”

“啊，我听说——是科尔斯特里姆警卫队的。”

“谢谢。我相信我能从福布斯那里得知详细情况。官方非常善于搜集事实，虽然他们不能总是利用这些事实。玫瑰花是多么可爱啊！”

他走过长沙发，来到开着的窗户前，扶起一枝低垂的玫瑰花枝，欣赏着这深红翠绿的秀丽花团。在我看来，这是他性格的一个新的方面，因为我以前从未见过他对自然景物表现出任何强烈的兴趣。

“没有任何事情比宗教更需要推理法的，”他的背斜靠着百叶窗说，“它能被推理学者们建成一门精密的科学。按照推理法，在我看来，我们对上帝仁慈的最高信仰，正是寄托在鲜花之中。

其他一切东西，我们的本领，我们的愿望，我们的食物，所有这一切其实首先都是为了我们生存的需要。但是这朵玫瑰花就不一样。它的香气和它的色彩都是生命的点缀，而不是生存的条件。只有仁慈才能产生这样不同寻常的东西，所以我要再说一遍，我们在鲜花中寄托了巨大的希望。”

在福尔摩斯大发议论时，珀西·菲尔普斯和他的护理人惊讶地看着他，脸上满是极度失望的神色。福尔摩斯手里拿着玫瑰花，陷入了沉思。这样持续了几分钟，直到最后那位年轻女子打破了沉寂。

“你看到了解决这一疑案的任何希望吗，福尔摩斯先生？”她声音略带刺耳地问道。

“噢，这个疑案！”福尔摩斯突然惊醒过来，又回到现实生活中来，回答道，“嗯，如果不承认这件案子既复杂又难解，那是荒谬的；不过，我可以向你们承诺，我会调查这件事，并把我所了解的一切情况告诉你们。”

“你看出什么线索了吗？”

“你已经给我提供了七条线索，但是，在断定它们的价值之前，我当然必须先检验一番。”

“你怀疑什么人吗？”

“我怀疑我自己。”

“什么？！”

“怀疑我的结论做得太快了。”

“那就回伦敦去检验你的结论吧。”

“你的建议非常妙，哈里森小姐，”福尔摩斯说着，站起身来。“我想，华生，我们没有更好的办法了。菲尔普斯先生，你不要让自己沉浸到错误的希望中去。这件事是很离奇。”

“我将急切地等着和你再次见面。”菲尔普斯大声说。

“好，我明天还乘同一趟火车来看你，虽然我带来的未必是好消息。”

“愿上帝保佑你，”我们的委托人大声说，“知道你正在采取措施，这就给了我新的生活勇气。顺便说一句，我收到了霍尔德赫斯特勋爵的一封信。”

“啊！他说了什么？”

“他很冷淡，但并不严厉。我敢说，这是因为我身患重病，他才没有那样做。他反复强调，这件事极其重要；他又补充说，除非我恢复了健康，有机会弥补我的过失，否则我的前程也就没有指望了——他这样说，当然是指革我的职。”

“啊，那是合乎情理而又考虑周到的，”福尔摩斯说，“走吧，华生，我们在城里还有一整天的工作要做呢。”

约瑟夫·哈里森先生用马车送我们到了火车站，我们很快搭上了一趟去普茨茅斯的火车。福尔摩斯陷入了深思，在我们过克拉彭枢纽站之前，他几乎一直没有说话。

“无论走哪条铁路线进伦敦，都能让人居高临下地看到这样一些房子，真是一件令人高兴的事。”

我以为他是在说笑话，因为这景色实在污浊不堪，但是他很快就作了解释。

“你看那一片孤立的大房子，矗立于石岩之上，就像一座位于铅灰色海洋中的砖石岛。”

“那是寄宿学校。”

“那是灯塔，伙计！未来的灯塔！每一座灯塔里都装有几百颗光辉灿烂的小种子，他们将会使未来的英国变得更加富强。我想，菲尔普斯这个人不会饮酒吧？”

“我想他不会。”

“我也这样想，但是我们应该考虑到每一种可能性。这个可怜人显然已经深陷困境，问题是我们是否有能力将他救上岸来。你是怎么看哈里森小姐的？”

“一个性格刚强的姑娘。”

“是的，但她是一个好人，或者就是我看错了。她和她哥哥是诺森伯兰附近一个铁器制造商仅有的两个孩子。菲尔普斯在去年冬天旅行的时候和她订了婚，她在哥哥的陪同下，来见菲尔普斯的家人。然后发生了这件意外，她就留下来照顾她的爱人，而她哥哥约瑟夫发现这里相当舒适，也留了下来。我已经做了一些单独的调查，你看。但是今天必须做一天的调查。”

“我的诊所——”我开始说道。

“噢，如果你觉得你自己的业务比我的更有吸引力——”福尔摩斯颇有些尖刻地说。

“我是想说，我的生意耽搁一两天也不要紧，因为这是一年当中最清淡的时候。”

“太好了，”他说，又恢复了好心情。“那么，我们就一起

来调查这件案子吧。我想，我们应该从拜访福布斯开始。他大概能告诉我们所需要的一切细节，然后我们就知道从哪个方面来着手侦查这件案子。”

“你是说你已经有线索了？”

“嗯，我们已经有几条线索了，但是我们只有进一步调查之后才能检验它们的价值。最难追查的犯罪，就是没有犯罪动机的案件。但这件案子并不是没有动机的。谁能从中得到好处呢？法国大使、俄国大使、可以把该协定出卖给其中一个大使的任何人，还有霍尔德赫斯特勋爵。”

“霍尔德赫斯特勋爵！”

“嗯，可以想象得到的是，一个政治家可能会出于某种原因，而毫不遗憾地借机毁掉这样一份文件。”

“霍尔德赫斯特勋爵不是一个有着光荣历史的政治家吗？”

“这是一种可能，我们不能忽视这一点。我们今天就去拜访这位高贵的勋爵，看他是否能告诉我们一些情况。同时，我已经在着手调查了。”

“已经开始了？”

“是的，我从沃金车站给伦敦的各家晚报都发了一份电报。这份电报将会出现在每家晚报上。”

福尔摩斯递给我一张从笔记本上撕下来的纸。纸上面用铅笔写着：

酬金十英镑。寻找马车号码。5月23日晚十点差一刻，在查尔斯街外交部门口或附近，有一辆马车上下来一位乘客。知情者请告知贝克街221号B座。

“你确信那个窃贼是坐马车来的？”

“即使不是，也无关大碍。但是，假如菲尔普斯说的办公室或走廊里面都没有藏身之地是正确的话，那么，窃贼一定是从外面进来的。如果他在这样下雨的晚上从外面进来，在他走后几分钟就进行检查，也没有发现毡布上留有湿脚印，那么他极有可能是坐马车来的。是的，我想我们可以肯定地推断他是坐马车来的。”

“这听起来似乎有道理。”

“这是我说的一条线索。它可以引导我们得出某种结论。当然，还有那铃声——这是本案最不同寻常的特点所在。为什么铃儿会响呢？难道是那个窃贼故意虚张声势？或者是某个和窃贼一起来的人，他为了防止盗窃而故意按的铃？或者是出于偶然？或者是——？”他又重新陷入了刚才那种紧张而沉默的思索之中；不过，对我来说，我对他的心情是很了解的，他一定是突然想到了一些新的可能性。

我们到达终点站时，已经是三点二十分，我们在一家小饭馆匆忙吃过午餐之后，又立即赶往苏格兰场。福尔摩斯已经给福布斯发过电报，所以我们到那儿时他正在等候我们——他身材瘦小，一张狐狸脸，一副尖酸刻薄而且毫不友好的态度。尤其是当他听说我们这次来访的意图之后，他的态度更加冷淡。

“我在这以前已经听说过你的方法了，福尔摩斯先生，”他语气刻薄地说，“你总是很会利用警方提供给你的一切信息，然后你自己设法去破案，让警方脸面丢尽。”

“恰恰相反，”福尔摩斯说，“在我过去侦破的五十三件案子里，只有四件署名是我侦破的，警方则在四十九件案子里获得了所有的荣誉。我并不怪你，因为你不了解情况，而且因为你还年轻，没有经验；不过，如果你想在你的新职业中求得上进，你就应该和我合作，而不是反对我。”

“我很乐意听你指点一二，”这位侦探说，他的态度有所改变。“到目前为止，我还的确没有从办案中获得过荣誉。”

“你曾采取了什么措施？”

“看门人坦盖一直处于监视之中。他离开警卫队时，名声很好，我们也找不到什么不利于他的线索。不过，他妻子是一个坏家伙。我想，她对这件事情比她表面上装出来的要知道得多。”

“你跟踪过她吗？”

“我们派了一个女侦探跟踪她。坦盖太太喜欢喝酒，我们的女侦探就趁她高兴的时候陪她喝过两次酒，但是一无所获。”

“我听说有一些旧货商曾到过他们家？”

“是的，但是欠债已经还清了。”

“这笔钱是从哪里来的？”

“一切都正常。用的是看门人的年金。他们看不出像是很有钱的样子。”

“那天晚上当菲尔普斯先生按铃要咖啡时，她上去应答，对此她又作何解释？”

“她说她丈夫非常疲惫，她希望让他休息一会儿。”

“嗯，这和后来发现的他睡在椅子上的情况当然是相符的。

那么，除了这个女人的品德不好之外，也就没什么不利于他们的了。那你有没有问她，为什么那天晚上她走得那么匆忙？她的慌张神态连警察都注意到了。”

“她那天比平时要晚多了，所以急着想赶回家。”

“你和菲尔普斯先生，你们至少比她晚动身二十分钟，却比她要早到她家，你给她指出来了吗？”

“她解释说，那是因为双轮双座马车比公共马车要快。”

“她有没有说清楚，为什么她到家后跑进了后面的厨房？”

“她解释说，因为她把钱藏在那儿，要把钱取出来还给旧货商。”

“至少她对每件事都做了回答。你有没有问她，她在离开时，是否曾遇到或看到什么人在查尔斯街上徘徊？”

“除了警察，她谁都没有看见。”

“嗯，看来你对她盘问得很彻底。你还采取了其他什么措施吗？”

“这九个星期，职员戈罗特一直有人监视，但是毫无结果。我们找不出任何不利于他的证据。”

“还有其他的吗？”

“嗯，我们没有其他事情可做了——因为没有任何证据。”

“你想没想过，电铃为什么会响呢？”

“啊，我必须承认，这一点把我给难住了。无论这窃贼是谁，他不仅来了，而且还敢那样发出警报，实在是太大胆了。”

“是的，他这样做确实是件怪事。非常谢谢你告诉我们这些

情况。如果我能让你抓住这个人，我会通知你的。走吧，华生。”

“我们现在去哪里？”我们离开警察局时，我问道。

“我们现在就去拜访霍尔德赫斯特勋爵，这位内阁大臣和未来的英国首相。”

幸运的是，我们到达霍尔德赫斯特勋爵在唐宁街的办公室时，他还在那儿；福尔摩斯递进了他的名片，我们立即就被召见了。这位内阁大臣按照旧式礼节接待了我们，特意请我们坐在壁炉两边的豪华安乐椅上。他站在我们中间的地毯上，身材修长高大，轮廓分明，满脸智慧，满头卷发过早地变成了灰白色，看上去显得仪表非凡，果然是一位显要的贵族。

“久仰大名，福尔摩斯先生，”他笑着说，“当然，我不能假装不知道你们此次来访的意图。外交部唯一能吸引你的注意力的，只有一件事情。我能不能问一下，你是受谁之托来调查这件案子的？”

“受珀西·菲尔普斯先生之托，”福尔摩斯回答道。

“啊，我那不幸的外甥！你应该能明白，由于我们之间的亲戚关系，使我更不可能对他有任何包庇。我担心这次意外事件会对他的前程产生非常不利的影响。”

“但是，如果这份文件被找到了呢？”

“啊，那当然另当别论了。”

“我有一两个问题想问你，霍尔德赫斯特勋爵。”

“我很高兴会尽我所知如数奉告。”

“你就是在这间办公室里吩咐抄写这份文件的吗？”

“是的。”

“那么，你们很难被偷听得到？”

“绝对不可能。”

“你是否曾对任何人提过，你打算让什么人抄写这份协定？”

“从来没有。”

“你能肯定这一点吗？”

“绝对肯定。”

“好，既然你从来没有说过，菲尔普斯先生也从来没有说过，而且再也没有其他人知道这件事的任何情况，那么，窃贼来到这个办公室就纯粹是偶然的。他看到了这个机会，便来了一个顺手牵羊。”

这位内阁大臣笑了。“你说的这一点我就不清楚了。”他说。

福尔摩斯沉思片刻之后说：“还有非常重要的一点，我想和你商量一下。据我所知，你担心这份协定的详情一旦泄露出去，会产生极其严重的后果。”

一丝阴影掠过内阁大臣表情丰富的脸。“后果的确很严重。”

“已经产生了什么严重后果吗？”

“目前还没有。”

“比如说，如果这份协定已经落入法国或俄国外交部手中，你能听到它的消息吗？”

“我能听到，”霍尔德赫斯特勋爵面露愠色地说道。

“那么，既然将近十个星期已经过去了，却一直没有听到什么消息，这就有理由假设，由于某种原因，这份协定还没有落到

他们手中。”

霍尔德赫斯特勋爵耸了耸肩膀。

“我们很难设想，福尔摩斯先生，窃贼偷走这份协定，只是为了给它装个框子，或者只是为了把它挂起来。”

“也许他正在待价而沽。”

“如果他再等一段时间，他就一分钱都得不到了。因为几个月之后，这份协定就不再是什么秘密了。”

“这一点非常重要，”福尔摩斯说，“当然，还有一种可能的设想，那就是窃贼突然病倒了——”

“神经失常，比如说？”内阁大臣问道，并迅速扫了福尔摩斯一眼。

“我没有这样说，”福尔摩斯冷静地说道，“现在，霍尔德赫斯特勋爵，我们已经占用了你太多的宝贵时间，我们要向你告辞了。”

“祝你调查成功，不管罪犯是谁，”这位贵族礼貌地把我们送出来，在门口向我们说道。

“他是一个好人，”当我们出来走到白厅街时，福尔摩斯说，“但是他必须要经过一番拼斗，才能保住他的官职。他并不是很富有，可是开销却很大。你当然注意到了，他的长筒靴已经换过鞋底了。现在，华生，我不再耽误你的正经工作了。除非我那份寻找马车的广告有了回音，否则我今天就没有什么事情可忙了。不过，如果你明天能来，陪我一起搭乘我们昨天坐过的同一趟火车去沃金，我会对你感激不尽。”

我在第二天早晨如约见到了他，我们一起搭乘火车去沃金。他说，他的广告还没有任何回音，而这件案子也没有新的线索。当他说到这些时，他的脸孔紧绷得就像印第安人一样，因此我很难从他的表情上判断出他对这件案子的现状是否满意。我记得他谈到了贝蒂荣测量法，他表达了对这位法国学者的热情敬仰。

我们的委托人依然处于他那忠诚的护理人的悉心照料之下，但他看起来比以前好多了。我们刚一进门，他就毫不费力地从沙发上站起来欢迎我们。

“有什么消息吗？”他急切地问道。

“正如我所预料的，我的消息不太乐观，”福尔摩斯说，“我见到了福布斯，也拜访了你舅舅，还调查了两个可能会发现些问题的线索。”

“那么说，你还没有灰心？”

“决不会的。”

“上帝保佑！听到你这样说太好了，”哈里森小姐大声说道，“只要我们保持勇气和耐心，真相总会水落石出的。”

“你对我们没有讲多少，我们却有更多的情况要告诉你。”菲尔普斯重新坐到沙发上说。

“我希望你掌握了重要线索。”

“是的，我们昨天晚上遭遇了险情，的确是一件严重的事情。”他说话时表情变得非常严肃，眼睛里面流露出了近乎恐怖的神色。“你知道吗？“他说，“我开始相信，我已不知不觉地成

了一个罪恶阴谋的中心，它不仅危及我的荣誉，还危及到了我的生命。”

“啊！”福尔摩斯大声喊道。

“这真让人难以置信，因为就我所知，我在这个世界上并没有仇人。但是从昨晚的经历来看，我只能得出这样的结论来。”

“请讲给我听听。”

“你一定知道，昨天晚上我是头一次独自睡觉，没有护理人在房间。我的状态这么好，觉得我没有人护理也可以。不过，我还是让夜灯亮着。呃，大约凌晨两点钟，我正迷迷糊糊地睡觉，这时我突然被一阵轻微的响声惊醒了。它就像老鼠咬木板发出来的声音一样，我就躺着听了一阵，还以为那一定是老鼠弄出来的声音。后来，声音越来越大，突然从窗户那边传来尖锐的金属摩擦声。我惊异地坐起来。显然我现在听清楚了这是什么声音。最初的声音是有人将工具插进窗户框之间的缝隙中弄出来的，其后的声音是拉开背面的窗钩时弄出来的。”

“然后，停歇了大概十分钟，好像那人在等着，想知道这些

响声是不是把我惊醒了。接着，我又听到了轻轻的吱吱声，窗户被慢慢打开了。我再也忍不住了，因为我的神经已经不像往常那样昏迷了。我跳下床，猛地拉开百叶窗，只见一个人正蹲在窗户下。我没看清楚他，因为他眨眼就不见了。他头上裹着一种斗篷，把他下半个脸都蒙住了。我只能肯定一件事，那就是他手里拿着武器，我看像是一把长刀。在他转身逃跑时，我清楚地看到了刀光。”

“这件事情极其重要，”福尔摩斯说，“那么，你后来又是怎么做的？”

“如果我更强壮一些的话，我早就翻过开着的窗户去追他了。可是我当时只能按铃叫醒家人。这耽误了一些时间，因为这铃装在厨房里，而仆人们又都睡在楼上。不过，我大声喊叫，约瑟夫赶来了，他又叫醒了其他人。约瑟夫和马夫在窗户外面的花坛中发现了脚印，可是近来天气太干燥了，他们追过草地之后就再也找不到痕迹了。然而，竖在路边的木栅栏上有一个地方有些痕迹，他们告诉我，好像有人翻过去了，在翻越栅栏时把栏杆的顶尖都碰断了。我还没有告诉本地警察任何情况，因为我想我最好是先听听你的意见。”

我们委托人的这段叙述似乎对夏洛克·福尔摩斯产生了特别的作用。他从椅子上站起来，在房间里面走来走去，难以抑制内心的兴奋。

“真是祸不单行，”菲尔普斯笑着说，“虽然这一意外事件让他多少有些受惊。”

“你确实承担了一份风险，”福尔摩斯说，“你是否愿意和我一起到房子的周围去走一走？”

“噢，可以，我愿意晒晒太阳。约瑟夫，你也一起去吧。”

“我也去，”哈里森小姐说。

“我想你还是不去的好，”福尔摩斯摇了摇头，说道，“我想我必须请你留在原地不动。”

这个年轻的姑娘有些不高兴地坐回了原来的位置。不过，她哥哥加入到了我们的队伍，我们四个人就一起出发了。我们绕过草坪，来到这位年轻外交家的窗户外面。正如他所讲的那样，花坛上确实有一些痕迹，但是已经被弄得模糊不清，难以辨认了。福尔摩斯停下来察看了一会儿，然后耸耸肩站起来。

“我认为任何人都无法从这些痕迹上看出多少情况，”他说，“让我们到房子四周走走，看那个窃贼为什么就选中了这个房间。我本以为，客厅和餐厅的那些大窗户应该对他更具有诱惑力。”

“那些窗户从大路上可以看得很清楚，”约瑟夫·哈里森先生提醒道。

“啊，是的，当然了。这里有一扇门，他完全可以试着从这儿进去的。这扇门是做什么用的？”

“这是供商人进出的侧门。当然，这扇门在晚上是锁着的。”

“你以前曾受过这样的惊吓吗？”

“从来没有，”我们的委托人说。

“你房子里有什么金银餐具，或其他吸引窃贼的东西吗？”

“没有什么贵重东西。”

福尔摩斯双手插进口袋里面，以一种他很少有过的疏忽大意的神情在房屋周围走来走去。

“顺便说一句，”他对约瑟夫·哈里森说，“我听说你发现了一个地方，那家伙从那儿翻过的栅栏。让我们去看看那个地方！”

这个壮实的中年人把我们领到了一个地方，那儿有一根木栏杆的顶尖被碰断了。一小块木头片还垂挂在那儿。福尔摩斯把它扯了下来，认真地察看着。

“你认为这是昨天晚上碰断的吗？这处断痕看上去很旧，是不是？”

“嗯，可能是这样。”

“这儿也没有任何人跳到栅栏另一侧的脚印。不，我看我们在这儿得不到什么线索。我们还是回到卧室去商量这件事情。”

珀西·菲尔普斯倚靠在他未来姻兄的胳膊上，非常缓慢地走着。福尔摩斯快速穿过草坪，我们回到了卧室那扇开着的窗户前，他们俩人则远远地落在了后面。

“哈里森小姐，”福尔摩斯以极其严肃的态度说，“你必须整天待在这儿。不管发生什么事情，你都不能离开这儿。这一点极其重要。”

“当然可以，如果你希望我这样做的话，福尔摩斯先生，”姑娘惊讶地说。

“你去睡觉的时候，请从外面把这个房间的门锁上，拿好钥匙。请答应我会这样做。”

“但是珀西呢？”

“他要和我们一起去伦敦。”

“我将留在这儿吗？”

“这是为了他的缘故。你可以帮他很大忙。快！答应我吧！”

她很快点头表示了答应；就在这时，那两个人进屋了。

“你为什么愁眉苦脸地坐在那儿，安妮？”她哥哥喊道，“到外面去晒晒太阳吧！”

“不，谢谢你，约瑟夫。我稍微有点儿头疼，这间屋子挺凉爽，正好可以让我安静一下。”

“你现在有何打算，福尔摩斯先生？”我们的委托人问道。

“嗯，我们可不能因为调查这件小事而失去了主要的调查目标。如果你能和我们一起去伦敦，那将是对我的巨大帮助。”

“立刻就走吗？”

“嗯，如果你方便，就越快越好。一个小时以内出发如何？”

“我感到浑身是劲，我真的能帮助什么吗？”

“非常可能。”

“也许你要我今晚住在那儿吧？”

“我正要建议你这样做。”

“那么，如果我昨晚那位朋友再来拜访的话，他就会碰空了。我们一切都听你吩咐，福尔摩斯先生，但是你必须确切地告诉我们，你打算怎么办。或许你想让约瑟夫和我们一起去，也好照顾我？”

“噢，不，你知道，我的朋友华生是医生，他会照顾你的。

如果你答应我们，那么我们就在这儿吃午餐，然后我们三个一同进城去。”

一切都按照福尔摩斯的建议安排好了，只有哈里森小姐按照福尔摩斯的意见，找了个借口留在了菲尔普斯的卧室里。我想不出福尔摩斯在玩什么花样，莫非他想让这位姑娘离开菲尔普斯？菲尔普斯却因为恢复了健康，并期望参加行动，而正高高兴兴地和我们在餐厅吃午饭呢。然而，福尔摩斯还有一件更让我们大为惊讶的事情，因为他在陪同我们到达车站并送我们上车之后，突然平静地告诉我们，他不打算离开沃金了。

“在我走之前，有一两个小问题我希望查清楚。”他说，“菲尔普斯先生，你不在这儿，某种程度上对我反而很有帮助。华生，你们到伦敦之后，你一定要答应我，立即和菲尔普斯先生一同乘车到贝克街去，和他一起待在那儿，直到我再去见你们。幸好你们是老同学，你们一定有许多事情可以聊。今晚菲尔普斯先生可以睡我空出来的那间卧室，我明天早上正好可以和你们一起吃早餐，因为我可以搭乘八点钟的一趟火车到滑铁卢车站。”

“但是我们在伦敦的调查怎么办？”菲尔普斯沮丧地问。

“我们可以明天做这件事。我想我现在留在这儿更有用。”

“你回到布里尔布雷时可以告诉他们，我想明天晚上回去，”我们刚要驶离站台时，菲尔普斯喊道。

“我不一定回布里尔布雷，”福尔摩斯回答道，当我们的火车离站时，他高兴地向我们挥手道别。

菲尔普斯和我在路上谈论了这件事，可是我们谁也不能对他

这一新的行动得出一个令人满意的理由来。

“我猜想，他是想找到昨晚上那件盗窃案的线索，如果真有窃贼的话。至于我自己，我可不相信那是一个普普通通的窃贼。”

“那么，你自己是什么意见呢？”

“唉，不管你是否把这看做是我神经脆弱，但是我坚信，我周围正在进行着某种隐秘的政治阴谋，并且由于某种我难以理解的原因，这些阴谋家企图置我于死地。这听起来有些夸张和荒谬，但是请考虑一下这些事实吧！为什么一个窃贼竟试图闯进我的卧室窗户，而我卧室里面并没有什么值得偷窃的，而且他手里又为什么拿着长刀呢？”

“你肯定那不是用来撬门的撬棍吗？”

“噢，不，是一把刀。我很清楚地看到刀的闪光。”

“但是究竟有何深仇大恨，那样来袭击你呢？”

“啊，问题就在这儿。”

“嗯，如果福尔摩斯也持这样的观点，那就可以解释他为什么会采取这一行动了，不是吗？假设你的想法是对的，如果他能抓住昨晚威胁你的那个人，那么他就朝寻找偷走海军协定的人的目标迈近了一大步。而设想你有两个仇人，其中一个偷了你的东西，另一个来威胁你的生命，就荒谬可笑了。”

“但是福尔摩斯说他不会去布里尔布雷。”

“我了解他已经有些时间了，”我说，“但是我还从来没有见过他毫无理由地做过什么事情。”说到这里，我们的谈话转到了其他话题上。

不过这一天对我来说太疲劳了。菲尔普斯久病之后依然虚弱，他遭遇的不幸更使他变得易怒而不安。我不得不努力寻找话题来让他开心，我讲了在阿富汗和印度的经历，以及一些社会问题，还有一些能解除他的烦恼的事情，但这一切显然都是白费力气。他总是会想到那份丢失的协定，心里在琢磨猜测着，想知道福尔摩斯正在做什么，霍尔德赫斯特勋爵正在采取什么措施，明天早晨我们会听到什么消息。夜色变得深沉之后，他由激动不已变成了痛苦不堪。

“你毫无保留地相信福尔摩斯吗？”他问道。

“我亲眼看到他办了许多出色的案子。”

“可是他还从未侦破过像这样一团漆黑的案子吧？”

“噢，不，我知道他侦破过比你这件案子的线索还少的疑案。”

“但不是这么关系重大的案子吧？”

“那我就不清楚了。但我确实知道，他曾在一些极其重要的案件中帮助过三家欧洲王室。”

“不过你很了解他，华生。他这个人太不可思议了，我永远也不知道如何去理解他。你认为他有希望成功吗？你认为他打算侦破这件案子吗？”

“他什么都没说。”

“这是个坏兆头。”

“恰恰相反，我曾注意到，当他失去线索的时候，他通常会实话实说。当他查到一点线索，却又对线索是否正确没有绝对把握的时候，他就特别沉默寡言。现在，我亲爱的伙计，为这

事而让我们自己心神不安，对事情一点补益都没有，所以我劝你上床去睡觉，然后精神饱满地等待明天的消息，不管它是好是坏。”

我终于说服我的同伴接受了我的劝告，但是我从他那激动的神态可以看出来，对他而言要想好好睡一觉希望并不大。的确，他的情绪也影响了我，因为我自己也在床上辗转反侧了半个晚上，思考着这个奇怪的问题，作了上百次推论，但是每一个都不成立。为什么福尔摩斯要留在沃金呢？为什么他要求哈里森小姐整天留在那个病房里呢？为什么他那么小心谨慎地不让布里尔布雷的人知道他打算留在他们附近呢？我绞尽了脑汁，竭力寻找符合所有这些事实的解答，最后终于昏然入睡。

当我醒来的时候，已经七点了，我立即起床去菲尔普斯的房间，发现他脸色憔悴，显然又度过了一个不眠之夜。他的第一个问题就是问福尔摩斯是否已经回来了。

“他答应了，”我说，“就会来的，而且会准时来。”

我的话果然不错，因为八点刚过，就有一辆马车疾驰到门前，福尔摩斯从车上下来。我们站在窗前，看到他的左手缠着绷带，脸色严肃而苍白。他进到屋内，但是过了好一会儿才上楼来。

“他看上去似乎疲惫不堪，”菲尔普斯大声说。

我不得不承认他说的是对的。“毕竟，”我说，“这件案子的线索可能还是在这座城里。”

菲尔普斯呻吟了一声。

“我不知道这是怎么回事，”他说，“但是我对他的回来抱有很高的希望。不过，昨天他的手肯定没有像这样缠着绷带。这是怎么回事？”

“你没有受伤吧，福尔摩斯？”当福尔摩斯走进房间时，我问他。

“唉，是我自己笨手笨脚，只是有点儿擦伤，”他一面点头向我们问早安，一面回答道，“菲尔普斯先生，你这件案子确实是我调查过的所有案子当中最隐秘的。”

“我担心你对这件案子无能为力了。”

“这是一次极其奇怪的经历。”

“那绷带就说明你曾遭遇过危险，”我说，“你能不能告诉我们发生了什么事？”

“早餐之后再说吧，我亲爱的华生。请记住，我今天早晨从萨里赶来，走了30英里。我想没有人应答我那份寻找马车的广告吧？好了，好了，我们不能指望每一次都得分。”

餐桌已经铺好了，我刚要按铃，哈德森太太就端来了茶和咖啡。几分钟之后，她又送上来三份盖好盖的早餐，我们都坐在桌子边，福尔摩斯狼吞虎咽地吃起来，我则满怀着好奇，菲尔普斯却极度沮丧。

“哈德森太太很会应付紧急情况，”福尔摩斯说道，并揭开了一盘咖喱鸡的盖子。“她的烹饪技术很有限，但是她就像一个苏格兰女人那样，把这份早餐做得很妙。你是什么菜，华生？”

“火腿鸡蛋，”我回答道。

“很好！你要吃的是什么，菲尔普斯先生——咖喱鸡还是鸡

蛋？还是请你自己动手吧。”

“谢谢。我什么都不想吃，”菲尔普斯说。

“噢，来吧！请吃一口你那一份吧。”

“谢谢，我真的不想吃。”

“嗯，那好吧，”福尔摩斯调皮地眨了眨眼说，“我想你不会拒绝帮我这个忙吧？”

菲尔普斯揭开盖，他刚一揭开，就发出一声尖叫，呆坐在那儿盯着眼前的盘子，脸色就像盘子一样苍白。原来，盘子中央放着一小卷蓝灰色的纸。他抓起那卷纸，眼睛直直地盯着它，然后在屋内到处发了疯似的手舞足蹈起来，并把它按在胸前，高兴得大声尖叫。接着，他倒在一张扶手椅中，由于太过激动而软弱疲惫不堪，以至于我们不得不给他灌了一点白兰地进喉咙，好使他不至昏厥。

“好了！好了！”福尔摩斯轻轻地拍着他的肩膀安慰道，“像这样突然把它放到你面前实在是太过分了，不过，华生会告诉你的，我总是忍不住想把事情变得富有戏剧性。”

菲尔普斯抓着福尔摩斯的手，不停地吻着。“上帝保佑你！”他大声喊道，“你挽救了我的荣誉。”

“嗯，这也关系到我自己的荣誉，你知道，”福尔摩斯说，“我应该请你放心，我办案失利和你委托不当一样，都是很让人不愉快的。”

菲尔普斯把这份珍贵的文件揣进了他上衣的贴身口袋里面。

“我虽然不想再打搅你吃早餐，可是我却非常想知道，你是

怎样把它弄到手，并且在哪里找到它的。”

夏洛克·福尔摩斯喝完一杯咖啡，接着吃完了火腿鸡蛋。然后，他站起来，点燃了烟斗，坐到了椅子上。

“我会告诉你们，我首先做了什么，后来又是如何着手去做的，”他说，“把你们留在火车站之后，我就心情闲适地步行走过萨里的优美风景区，来到一个叫里普利的小村庄，在那里的一家小饭店吃过了茶点，并提前做好准备，灌满了我的水壶，并在我的口袋里放了一片夹心面包。我在那儿一直等到傍晚，然后又返回沃金，当我来到布里尔布雷外面的公路上时，已经夕阳西下了。

“嗯，我一直等着，直到路上没有人了——我想，那条路上的人从来都不是太多——然后，我爬过栅栏，来到屋后面。”

“但大门一定是开着的啊，你为什么要翻越栅栏？”菲尔普斯突然喊道。

“是的，但是在这样的情况下，我特别喜欢这么做。我选择了那个长有三棵枞树的地方，在这些树的掩护下走了过去，屋子里任何人都看不到我。我蹲在旁边的灌木丛中，从一棵树爬到另一棵——我裤子膝盖上的磨损就是证明——最后我爬到了正对着你的卧室窗户的那丛杜鹃花下。我在那儿蹲下来，等待事情的发展。”

“你房间的窗帘还没有放下来，我可以看见哈里森小姐坐在桌边看书。当她合上书、关紧百叶窗并退出卧室时，已经是十点一刻了。”

“我听到了她关门，而且清楚地感觉到了她转动钥匙锁门的声音。”

“钥匙！”菲尔普斯突然喊道。

“是的，我已经建议过哈里森小姐，在她去睡觉时，从外面把你的卧室门锁上，并且带好钥匙。她严格地执行了我的所有命令，如果没有她的合作，你肯定找不到你大衣口袋里面的那份文件了。然后她离开了，灯也熄了，我仍然蹲在杜鹃花丛中。”

“夜色很好，但那仍然是令人厌烦的监视。当然，这种心情就像钓鱼者躺在河边守候一大群鱼一样兴奋。不过，等待的时间太长了——华生，几乎和我们在调查‘斑点带子案’那个小问题时，你我在那间死气沉沉的房间等待的时间一样长。沃金教堂的钟敲了一刻又一刻，我不止一次想到，不会有什么事情发生了。然而，终于在凌晨两点左右，我突然听到了门闩被推开和转动钥匙的轻微响声。过了一会儿，仆役出入的门被打开了，约瑟夫·哈里森先生走到了月光下。”

“约瑟夫！”菲尔普斯突然喊道。

“他光着头，但是肩膀上披着一件黑色的斗篷，如果遇到紧急情况，那么他就可以立即把脸遮住。他在墙壁的阴影下蹑手蹑脚地走，当他走近窗户时，将一把长片刀插入了窗户框，推开了窗钩。接着，他撬开窗户，又把刀子插进百叶窗的缝隙中，把栅格撬上去，打开了百叶窗。”

“从我所在的位置，可以很清楚地看到房间里面的情况和他的一举一动。他点着了壁炉台上的两支蜡烛，接着掀起了门边上的地毯的一个角。他很快就弯腰取出了一块方木板，那通常是留下来以备管子工修煤气管道的接头用的。事实上，这块木板盖着T字形的接头，从这里伸出去一条管子给楼下的厨房供气。从这个隐蔽之处，约瑟夫取出了一个小纸卷，又盖好了木板，重新铺平地毯，吹熄了蜡烛，出来时和我撞了个满怀，因为我正在窗外守候他。”

“啊，约瑟夫先生可比我想象的还要更加凶狠。他拿着刀飞身扑向我，我不得不再次抓住他，在我占上风之前，我的指关节被刀给割伤了。我们结束搏斗之后，他用仅剩的那只好眼睛看着我，看上去就像个杀人犯，但是他听了我的劝告，交出了文件。我拿到文件后放走了他，但是我今天早上给福布斯发了一份详细的电报。如果他能动作快一点，就可以抓住案犯，那就再好不过了。可是，如果像我预料的那样，他赶到那儿时案犯已经逃走了，啊，那对政府来说是最好不过的啦。我想，首先是霍尔德赫斯特勋爵，然后是珀西·菲尔普斯先生，都巴不得这件案子不要闹到法庭去吧。”

“上帝啊！”我们的委托人喘着气说。“你是说，在我这饱受折磨的十个星期里，这份失窃的文件始终和我一起在那个房间里？”

“正是。”

“那么，约瑟夫！约瑟夫一定是个恶棍和窃贼了！”

“嗯哼！我想约瑟夫恐怕是一个比他的外表看上去更阴险、更危险的家伙。根据我今天早上听到的他的谈话，我想他是在股票

交易中损失惨重，因此他随时准备去碰手气，好改改他的运气。作为一个极端自私的人，只要面前有机会，他就会置自己妹妹的幸福和你的声誉于不顾了。”

珀西·菲尔普斯坐回到他的椅子上。“我的头都晕了，”他说。“你这番话使我晕头转向。”

“你这件案子的主要困难，”福尔摩斯以惯有的说教方式说道，“就在于线索太多。而最重要的线索却被毫不相干的线索给掩盖隐藏起来了。在我们掌握的那么多事实中，我们必须选择我们认为必要的，然后按顺序把它们串起来，以便将这一连串的怪事重建成完整的链条。我刚开始对约瑟夫产生怀疑，是基于这个事实：你那天晚上曾打算和他一起坐车回家，所以他很有可能会来找你，因为他对外交部很熟悉，加上又是顺路。当我听说有人急于潜入你的卧室时，我就推测除了约瑟夫，不会有人把东西藏在那里面的——你已经告诉过我们，当你那天和医生一起回家时，是怎样让约瑟夫搬出卧室的——我所有的怀疑都变成了肯定，尤其是在你没有护理人员陪伴的第一个晚上，就有人企图潜入屋内，这表明这位闯入者对房子的路线很熟悉。”

“我真是瞎了眼！”

“我侦破这件案子的事实经过是这样的：这个约瑟夫·哈里森从通向查尔斯街的那个旁门进的外交部办公室，因为他熟悉路，就在你离开的时候，他直接进了你的办公室。他发现那里一个人也没有，就立刻按了电铃；就在按铃之际，他看到了桌上的文件。他扫视了一眼，就知道这是天赐良机，可以得到一份价值巨大的

国家文件，他立刻把它塞进口袋，然后不辞而别。你应该还记得，过了几分钟，睡得迷迷糊糊的看门人才提醒你铃响了；而那些时间足够窃贼逃跑的了。

“他搭乘第一趟车回到沃金，检查了他的赃物，确信它极为珍贵，就把它藏到了一个自认为非常安全的地方，打算在一两天内取出来，送到法国大使馆，或者他认为可以出一个高价的任何地方。接着，你突然回来了。他没有得到任何警示，就被迫从他的房子里搬了出来；从那以后，你们一直至少有两个人在，使他无法重新取回他的珍宝。这种情况对他来说，简直会让人疯狂。不过，他终于看到了机会。他企图潜入室内，但是你醒了，让他功亏一篑。你可能还记得，那天晚上你没有吃平常用的药。”

如果我给你的印象是对自己的能力过分自信，或是并没有对这件案件花较多的精力的话，请在我耳边好心的说声‘诺贝里’，我将不胜感激。

“我记得。”

“我想他肯定是做了什么手脚，才使得那药会产生效果，让他确信你会毫无知觉。当然，我知道，只要确信安全，那么，不管什么时候，他还是要去再试试的。你离开卧室，正好给了他求之不得的机会。我之所以让哈里森小姐整天待在屋子里，就是要让他不能抢占先机。因此，我就让他感觉没有了危险，同时又正如我刚才说过的，保持着监视。我早就知道这份文件很有可能藏在这个房间里面，但是我不想拆开所有的地板和壁脚板去寻找。

因此，我就让他自己把文件从藏着的地方拿出来，省却了我的许多麻烦。你还有什么地方要我讲清楚的吗？”

“为什么他第一次要从窗户进去呢？”我问道，“他本来可以从门进去的。”

“从门进去，他必须经过几个卧室。另一方面，他可以轻易地从窗户跳到草坪上。你还有什么问题吗？”

“你不认为，”菲尔普斯问道，“他有什么行凶的企图吗？那把刀只能用作行凶工具啊。”

“可能是这样，”福尔摩斯耸耸肩膀回答道，“我只能肯定地说，约瑟夫·哈里森先生绝不是一个心地善良之辈。”

最后一案

我是怀着极为悲痛的心情写下这个最后的一个案件，我的朋友夏洛克·福尔摩斯确实是位很了不起的天才，从第一次把我们组合在一起的《血字的研究》，到《海军协定》一案——由于他的介入，成功地防止了一场严重的国际纠纷——尽管写得不是很连贯，而且也不够详细，但我已经尽力了。我和他一起经历过不少奇怪的事情，我原来打算写完《海军协定》就封笔，而对这件足以让我惆怅一生的案子只字不提。现在，事情过去两年了，这种惆怅之情丝毫未减。然而，最近詹姆斯·莫里亚蒂上校发表了几封信，为他兄弟辩护。所以，我除了将事实真相公之于众外，便别无选择了。我是唯一完全了解事情真相的人，现在到了公布的时候了，再保密下去已经不行了。据我所知，此事被报道过三次，头一次是1891年5月6日的《日内瓦杂志》，第二次是1891年5月7日英国各报纸刊载的路透社电讯，最后一次就是我上面提到的几封信，是最近发表的。头两次报道都过分简略，而最后一次，我要特别申明，这是对事实的完全歪曲。我有责任把莫里亚蒂教授和夏洛克·福尔摩斯之间发生的事实真相公布出来让大家知道。

读者也许还记得，自我结婚及婚后行医以来，我和福尔摩斯之间那种极为密切的关系在某种程度上变得疏远了。不过，他需

要助手参与调查时，仍然会来找我。但这种情况越来越少。我发现，在1890年，我只记了三个案子。这年的冬天和1891年初春，我在报上看到了福尔摩斯受法国政府聘请，承办一件很重大的案件的消息。我接到了他的两封信，一封发自纳尔榜，一封发自尼姆。我还以为他会在法国待一段时间呢，然而，出人意料的是，1891年4月24日晚上，他走进了我的诊所里，尤其让我吃惊的是，他看上去比以前苍白和消瘦了许多。

“没错，最近我比过去累多了。”他见我吃惊的模样，没等我发问，就抢先回答了，“我最近有些麻烦。你不介意我把你的百叶窗关上吧？”

我用来看书的那盏灯在桌上摆着，房间里只有这点灯光。福尔摩斯沿着墙壁走了过去。关上了两扇百叶窗，把插销插紧了。

“你是害怕什么东西吧？”我问。

“是的，我害怕。”

“怕什么？”

“怕被汽枪袭击。”

“我亲爱的福尔摩斯，这到底怎么了？”

“我想你很了解我，华生，你知道我不是胆小的人。但如果一个人大难临头还不承认，那就是有勇无谋了。能给我一根火柴吗？”

福尔摩斯点燃香烟，深深地吸了一口，好像他很喜欢香烟的镇定作用似的。

“请原谅，这么晚还来打扰你，”福尔摩斯说，“而且，我

还得请你破例一次，让我从你的花园后墙翻出去，离开这里。”

“这到底是怎么回事？”我问道。

福尔摩斯伸出手，借着灯光我看到他有两个指关节受了伤，还在流血。“你看，我不是疑神疑鬼吧，这就是证据，我的手都差点儿弄断了。你妻子在吗？”

“她到朋友家去了。”

“真的吗？如此说来，就你一个人在家啰？”

“是的。”

“那我就可以毫无顾虑地请你和我一起到欧洲大陆去旅行一趟了。”

“到什么地方？”

“嗯，什么地方都行，我无所谓。”

这一切都很奇怪，福尔摩斯还从没漫无目的地度什么假期，但他那苍白憔悴的面容显示他的神经已经紧张到了极点。他从我的眼神中看出了我在想什么，所以就把两手的手指交叉在一起，胳膊肘支在膝上，开始向我解释。

“你可能从没听过有个莫里亚蒂教授吧？”他问道。

“从没听过。”

“他真是天下少有的怪才啊！”福尔摩斯大声说，“伦敦到处都是他的势力范围，但谁都不知道他，可见他有多么精明和狡猾。可以这么说，华生，如果我战胜了他，如果我能为社会除掉这个败类，那么，我会觉得我的事业达到了顶峰，我就可以就此罢手，过一种比较安定的生活了。有件事别跟别人说，近来为斯堪的那

维亚皇室和法兰西共和国办的那几个案子，给我创造了好条件，我可以去过我所喜爱的那种安静的生活了，并且能够集中精力去研究我的化学。不过，华生，我一想到莫里亚蒂这个大坏蛋还在伦敦街头胡作非为，我就安心不下，我就不能若无其事地坐在安乐椅上。”

“他到底干了些什么？”

“他的履历非比寻常，他出身好，受过很好的教育，有着非凡的数学天赋。他二十一岁就写了名震欧洲的一篇关于二项式定理的论文。因为这篇论文，我们的一些小学院都聘请他做数学教授。本来他的前途是不可限量的，但他继承了他的先人的极为凶恶的本性，再加上他聪明绝顶，所以，他是一个非常危险的人物。大学区中不时有他的劣迹流传，他只好被迫辞去了教授的职务，想在伦敦做军事教练。人们顶多就知道他上面这些情况，我现在把我自己了解到的事情告诉你吧。”

“你是知道的，华生，对于伦敦的那种高级的犯罪活动，我是最清楚不过了。最近几年来，我一直觉得在那些犯罪分子背后隐藏着某种势力，它总是庇护那些犯罪分子，阻碍法律发挥它的最大作用。尽管我经手的案子五花八门——伪造案、凶杀案，什么都有，但我感觉到，在这些案子背后都有一个共同的幕后人，而且，在那些我没经手的，或警方未破获的案件中，我发现，也有这么一个人存在。这些年来，我想方设法要把这股黑暗势力的操纵者查出来。现在，我终于查出来了——我抓住了线索，紧追不舍，经过无数次的曲折迂回才知道他原来就是这位著名数学家、退职教授莫里亚蒂。”

“他是犯罪界的拿破仑，伦敦城里有一半的犯罪活动都是他策划的，几乎所有的仍未侦破的案件都是他的杰作。他是个怪才、哲学家、思想家。他有个聪明绝顶的脑袋。他像蜘蛛一样，趴在蛛网中心动也不动，但对蛛网上每丝每缕的颤动都了若指掌。他很少亲自出手，只坐在家里出谋划策。他手下有很多人，而且组织严密。如果有人想请人作案，偷文件、打家劫舍或暗杀某人，只要给教授传个信，这些犯罪活动就会很周密地完成。即使他的手下被逮住了，也有人拿钱保他，或请律师为他辩护。而操纵这些活动的幕后人物却从未被捕过，甚至从未被怀疑过。华生，这就是我了解到的他们组织的状况，华生，为揭露和破获这个组织，我不惜倾尽全力。”

“可这个教授异常狡诈，防范严密，尽管我想尽了一切主意，还是找不到可以把他送上法庭的证据。华生，你是知道我的能力的，经过三个月的努力后，我不得不承认，我的对手在智力上和我旗鼓相当。尽管我厌恶他的罪行，但我也佩服他的能力。不过，他终于露出马脚了——一个很小很小的马脚——但因为我盯他盯得特别紧，所以这个小马脚给他带来了大麻烦。我趁机在他周围布下了法网，现在一切就绪，就等收网了。三天后，也就是下周一，教授和他的几个主要助手，就会被警察一网打尽。那时，将进行本世纪最大的刑事审判，四十多个悬案将会水落石出，而他们全都会处以绞刑。不过，我们的行动稍有差错，即使是他们死到临头了，仍可以从我们手上溜走。”

“唉，要是莫里亚蒂教授对我们的行动毫无察觉，那就万事大吉了。不过那家伙实在太狡猾了，我在他周围设网的每个步骤，他都清楚。他一次又一次地想脱网而逃，但都被我挡了回去。我告诉你，我的朋友，如果把我和他暗中较量的经过详细地记录下来，那一定是斗智斗勇的侦探史上最精彩的一页。华生，我还从未和对手这么较量过。他做事很漂亮，而我只比他厉害那么一点点。今天早上，我完成了最后的部署，再过三天事情就了结了。正当我坐在屋里通盘考虑这件事时，我的房门推开了，莫里亚蒂教授突然出现在我面前。”

“我向来都是镇定自若的，华生，但我得承认，当我看到站在门槛那里的那个让我耿耿于怀的人时，我不由得吃了一惊。我对他的容貌记得很清楚。他个子特别高，很瘦，前额隆起，两眼深陷，脸刮得干干净净，面色苍白，看上去有点像苦行僧，但依然保持着某种教授风度。他的肩背由于学习过多，有些驼，他的脑袋向前倾着，而且左右轻轻地摇个不停，样子非常古怪。他眯缝着双眼十分好奇地打量我。”

“‘你的前额没有我想象的那么发达，先生，’他终于开了口，‘把子弹上了膛的手枪揣在睡衣口袋里是非常危险的。’”

“事实上，他一进来，我就意识到我有多大的危险。因为对他来说，杀人灭口是他摆脱困境的唯一方法。所以我匆忙从抽屉里拿出手枪偷偷放入口袋，而且隔着睡衣对准了他。听他这么一说，我只好把手枪拿出来，张开机头，放到桌上。他依然眯缝着眼，笑容可掬，但他眼神中有种表情让我为有支枪在手里头而暗自庆幸。”

“‘你还不了解我。’他说道。”

“‘恰恰相反，’我答道，‘我认为我对你了解得很清楚。你请坐吧。如果你有话要说，我可以给你五分钟时间。’”

“‘我要说的，你早就知道了。’他说。”

“‘如此说来，你也知道我的回答了。’我回答道。”

“‘你不肯让步吗？’”

“‘绝不让步。’”

“他猛地把手插进口袋，我一把抓起桌上的手枪。可他掏出的只不过是一本备忘录，上面潦草地写着一些日期。”

“‘1月4日你破坏了我的行动；’他说，‘2月13日你又碍了我的手脚，你在二月中旬给我制造了很大的麻烦，三月底你把我的计划给彻底破坏了；四月末，我发现由于你的步步紧逼，我有被逮捕的危险。我现在是忍无可忍了！’”

“‘你想怎样？’我问道。”

“‘你必须住手，福尔摩斯先生？’他摇着脑袋说，‘你知道，你真的必须就此作罢！’”

“‘过了下周一再说吧。’我说道。”

“‘哼！’他说道，‘我相信，像你这么聪明的人明显知道这事只能有一个结局，那就是你必须住手。你做事太绝了，我们只能请你住手。看到你把事情搅成这个样子，简直让我无地自容。老实跟你说吧，如果我被迫采取什么极端措施，那是很令人痛心的。你笑吧，先生，我敢向你保证，那真是令人痛心的。’”

“‘干我们这行危险是不可避免的。’我说道。”

“‘这不是危险，’他说道，‘而是不可避免的毁灭。你挑战的不只我一个人，而是一个强大的组织，尽管你聪明过人，但你低估了这个组织的雄厚力量。你最好靠边站，福尔摩斯先生，不然你会被踩扁的！’”

“‘恐怕，’我站起来说，‘由于我们谈得太久了，会把我别的事情给耽搁了。’”

“他也站起来，默不做声地望着我，痛苦地摇了摇头。”

“‘好，好，’他终于说，‘这很可惜，不过我已尽力了。你的把戏我清楚得很。下周一之前你毫无办法。这是一场你死我活的决斗，福尔摩斯先生。你休想把我送到被告席上，我告诉你，我决不会到被告席上的。你是打不败我的。你放心好了，除非同归于尽，否则你是毁不了我的。’”

“‘你过奖了，莫里亚蒂先生，’我说道，‘让我回敬你一句，跟你说吧，只要能把你干掉，为了社会的利益，即使是与你同归于尽，我也无怨无悔。’”

“‘我答应与你同归于尽，但不是你毁灭我。’他咆哮着，然后转身出了屋。”

“这就是我和莫里亚蒂教授那场奇异的谈话，老实说，它让我很不愉快。他把话说得那么平静、明白，好像他真的会那么干似的，一个简单的恶棍是做不到这样的。当然，你会奇怪，我为什么不找警察去防范他。告诉你吧，找了也没用，他会派他的手下来害我的，我有充分的证据，证明他会这样做的。”

“你已经遭到袭击了吗？”

“我亲爱的华生，莫里亚蒂教授是不会浪费任何机会的。今天中午我到牛津街处理一些事情，刚走到本廷克街和韦尔贝克街交叉的十字路口的拐角处，一辆双马货车闪电般向我猛冲过来。幸亏我反应快，一下跳到了人行道上，才躲过了这一难。货车没撞着我后，很快地冲过了马里利本巷不见了踪影。经历了这次事故，我便只在人行道上走。华生，当我走到维尔街时，一块砖从一家屋顶上掉了下来，在我脚旁摔得粉碎。我让警察检查了那个地方，屋顶上堆了些修房用的石板和砖瓦，警察说那块砖是风刮下来的。虽然没有证据，但我心里清楚，肯定是有人要害我。这以后，我便叫了辆马车，把我送到了蓓尔美尔街我哥哥家，我在那里待了一天。刚才，我上这儿来的路上，又被人用大头棒袭击。我把他打倒在地，警察把他拘留了。因为我的手打在那人的门牙上，所以把指关节给打破了。不过，我知道，被拘留的那个家伙和那个退职的数学教授间的关系，警察是查不出的。我敢断定，那教授这时正在十英里外的黑板前讲课呢。华生，你听到这些，对我一到你家就把百叶窗关上，又请你允许我翻后墙而不是走前门离开这里，以便不被人发现，我的这些举动，你不会再感到奇怪了吧？”

我一向很钦佩福尔摩斯的无畏精神。今天发生的这一系列事件，没有一件不让人感到恐怖，但他说起来却心平气静，这更让我钦佩得五体投地。

“你在这儿过夜吧？”我问他。

“不，我的朋友，在这儿过夜会连累你的。我已经有了计划，一切会顺利的。事情已经发展到不用我帮忙也可以将那帮不法之徒全都逮捕的地步了，我要做的，就是以后的出庭作证。因此，在逮捕他们之前的这几天，我最好还是离开这里，这样更方便警察的行动。要是你能和我一起去欧洲大陆旅行一趟，那简直太好了。”

“我最近没什么病人，”我说，“而且又有个愿意帮忙的邻居，我很乐意陪你去。”

“明天早上就动身，行吗？”

“我听你的。”

“好，那事情就这么定了，华生，我们不能有一丝一毫的疏忽，因为我们正在与全欧洲势力最大、最狡诈的犯罪集团作殊死斗争。好了，注意！不管你想带上什么样的行李，行李包上都别写发往哪里，并且今晚就派一个可靠的人送到维多利亚车站。明早你雇一辆双轮马车，但得吩咐仆人别雇前两辆主动上来揽生意的马车。你跳上马车后，把地址写在纸条上递给车夫。上面写着驶往劳瑟街斯特兰德的尽头，并让他别把纸条扔掉。你要事先把车费给付了。车一停，你马上穿过街道，在九点一刻得赶到街的另一边。那里有一辆四轮轿式的小马车等着你，赶车人披着深黑色斗篷，斗篷的领上镶有红边。你上了车，就能很快赶到维多利亚车站，搭上开往欧洲大陆的快车。”

“我在哪里和你碰头？”

“在车上。我们订的座位在从前往后数的第二节头等车厢里。”

“那么，我们是在车厢碰头？”

“是的。”

我想留他住下，但他非要走。显然，他是怕在这里住下会给我招来麻烦。他急急忙忙给我讲完我们明天的计划，就起身和我一起走到花园。他翻过墙，跳到了莫蒂默街，打了个呼哨，把马车唤来了，我听到了马车驶走的声音。

第二天早上，我完全遵照他的吩咐行事，非常的小心谨慎，以防雇来的马车是人家专门设下的圈套。我吃过早饭后，选了辆双轮马车，立即驶往劳瑟街。到那后，我飞奔着穿过这条街。一位披着黑斗篷、身材特别魁梧的车夫正驾着辆四轮马车等着我，我一跨上车，他就扬鞭策马，驶向维多利亚车站。我一下车，他就调转马车，疾驰而去。

到此时为止，一切都进行得非常顺利。我的行李已经在车上放着了。我毫不费力就找到了福尔摩斯指定的车厢，因为只有一节车厢上标着“预定”字样。现在我只担心一件事，那就是福尔摩斯还不见人影。我看了看车站的大钟，只七分钟便要开车了，但我还是没能在旅客和送别的人群中找到我朋友那瘦长的身影。我见到一位上了年纪的意大利传教士在使劲地说着蹩脚的英语，努力想让搬运工明白他的行李是要托运到巴黎去的。我看他们谁也听不懂谁，便上前帮了点忙，因此耽搁了几分钟。我又向四周打量了一番后，返回了车厢。令我吃惊的是，那个搬运工竟然不管票号与座位对不对，便把那位年纪很大的意大利朋友领到了福尔摩斯的座位上，尽管我一再跟他说这是别人的座位，要他别乱

坐，但无济于事，因为我说意大利语比他说英语还要糟糕，因此我只好无可奈何地耸了耸肩，继续心急如焚地往外张望，企图在最后关头能看到他的出现——我一想到他今天没来可能是因为昨天晚上遭到了袭击就不寒而栗——火车上每个车厢的门都关上了，汽笛也已经关上了，这时，突然……

“我亲爱的华生，”一个声音说道，“你还没跟我说早安呢。”

我大吃一惊地回头一看，那位老传教士已经把脸转向了我。顷刻之间，他那满脸皱纹就消失了。鼻子变高了，下嘴唇不突出了，嘴也不瘪了，呆滞的双眼重新变得炯炯有神，佝偻的身体伸直了。接着，整个身躯突然萎缩起来——老传教士突然变成了福尔摩斯。

“天啊！”我叫了起来，“你简直吓死我了！”

“没办法，我只有这么严密防范，”福尔摩斯小声说，“我一直被他们紧盯着。啊，你看，那不就是莫里亚蒂教授吗？”

福尔摩斯说话时，火车已经开动了。我向窗外望去，只见一个高个子男人气急败坏地从人群中挤了出来，不停地挥手，好像要叫火车停下来似的。不过，他已经太晚了，我们的列车一瞬间就驶出了车站。

“你看，由于我们作了防范，所以终于顺利地脱身了。”福尔摩斯满面笑容地说着，接着站起身，脱下化装的黑色传教士衣帽，把它们装入手提袋里。

“你看今天的晨报了吗？华生？”

“没有。”

“那么，你不知道贝克街的事啰？”

“怎么了？”

“他们昨晚放火烧了我们房子，不过没造成很大的损失。”

“天啊！福尔摩斯，他们太无法无天了！”

“从那个用大头棒袭击我的人被捕后，他们就找不到我了。不然他们不会以为我已回家了。不过，他们早就把你监视起来了，这就是莫里亚蒂来车站的原因。你来的时候，没留下什么纰漏吧？”

“没有，我从头到尾都是按照你的吩咐去做的。”

“你是坐那辆四轮马车来的吗？”

“是的，他在那里等我。”

“你知道那个马车夫是谁吗？”

“不知道。”

“那是我哥哥迈克罗夫特。办这种事，最好还是用自己人。来吧，我们现在来商量一下怎样去对付莫里亚蒂。”

“我们都坐到快车上，何况轮船又和它联运，我想，我们已经成功地把他甩掉了。”

“亲爱的华生，我曾说过这人的智力和我旗鼓相当，但你显然还未理解这句话的意思。如果我是他的话，你会认为我会被这样小小的麻烦难倒吗？不会吧？那你怎么能小看他呢？”

“他又能怎样呢？”

“我能做到的，他也能做到。”

“那么，要是你的话，你会怎么办？”

“定一辆专车。”

“那来不及。”

“绝对来得及。这趟车会在坎特伯雷站停车，平时至少要等上一刻钟才能上船。他会在码头上把我们抓住。”

“说不定别人还以为我们是罪犯呢。不如我们等他一到就先下手为强，把他给抓住？”

“那我三个月来的心血就白费了。他是让我们抓住了，但他的手下就会因群龙无首，趁乱四下逃掉的。但如果不抓他，那等到了下周一，我们就可以把他们一网打尽了。不行，决不能提前逮捕他。”

“那怎么办？”

“我们在坎特伯雷站下车。”

“然后呢？”

“然后我们再横穿英格兰，到纽黑文去，再从那里去迪埃普。莫里亚蒂一定会认为我会直接去巴黎，他会在那里认准我们托运的行李，在车站等上两天。华生，我们得买上两个毡睡袋，以便从容自在地穿过卢森堡和巴塞尔一直游玩到瑞士。”

按照计划，我们在坎特伯雷站下了车。下车后我们才发现要等上一个小时才有车去纽黑文。

看着那辆载着我全套行装的行李车疾驰而去，我心里沮丧极了。突然，福尔摩斯扯了扯我的衣袖，指着远处。

“你看，他追上来了。”福尔摩斯说。

远方，一缕黑烟从肯特森林中升起，一分钟后，一列火车转过弯，向车站驶来。我们刚在一堆行李后藏好身，那列车就鸣着汽笛隆隆驶过，一股热气向我们迎面扑来。

那列火车飞快地越过了几个小山丘，不见了。

“他走了。”福尔摩斯说，“你看，他毕竟还是比我差一点点。他要是能完全推断我是怎么想的，并采取相应的措施，那就非常了不起了。”

“如果他追上我们，他会怎么做呢？”

“毫无疑问，他一定会对我下毒手的，不过，鹿死谁手还不知道。现在我们的问题是在这提前用餐，还是到纽黑文再找饭馆？不过，到纽黑文再吃的话，我们就得饿一段时间的肚子。”

我们当晚到了布鲁塞尔，在那儿逗留了两天，第三天我们到了施特拉斯堡。周一早上福尔摩斯给伦敦警察厅发了封电报，当晚我们回到旅馆，就见到了回电。福尔摩斯赶紧拆开电报，看完后骂了一声，把电报扔进了火炉。

“我早料到这点就好了！”福尔摩斯叹了一口气说道，“让他跑了。”

“是莫里亚蒂吗？”

警察局把他的手下全抓住了，但就是没抓到莫里亚蒂，他逃走了。唉，也是的，我一走，别人自然不是他的对手，怪只怪我高估了伦敦警察厅的能力了。华生，我看你最好还是回到英国去。”

“为什么？”

“因为你现在跟我在一起非常危险。那家伙的老巢被人端了，如果他回伦敦，他就是自投罗网。我很清楚他的性格，他现在肯定想报仇。在那次和我简短的谈话中，他已经说得很清楚了。我

知道这个人是说得到做得到的。因此我只好建议你回去行医。”

多年来，我不仅是他的老朋友，还曾多次协助他办过案，所以，我很难接受他这个建议。为此，我们在施特拉斯堡饭店争论了半个小时，但是晚上我们还是一起上路，平安到了日内瓦。

我们一路游玩，在隆河峡谷度过了难忘的一周。接着，又从洛伊克起程，翻过了仍然积着雪的吉米山隘，最后，穿过因特拉肯，到了迈林根。这是一次非常愉快的旅行，山下一片嫩绿，到处春光明媚；山上却白雪皑皑，仍然是寒冬。但我清楚得很，福尔摩斯的心头一直被阴影笼罩着。无论是欢腾的阿尔卑斯山村，还是在渺无人烟的山隘，他都用警惕的目光仔细审视每个经过我们身边的人。从他这点我可以看出，无论我们走到哪儿，都有可能被跟踪上。

我记得，我们通过吉米山隘时，正好好地在阴森森的道本尼山边界走着，突然一块大石从右方山脊上咕咚一声掉了下来，滚落到我们身后的湖里头去了。福尔摩斯立刻跑上山脊，站在高高的峰顶四处张望。尽管我们的向导一再跟他解释，说这里每到春天都会发生山石坠落的现象，这是很正常的，但福尔摩斯还是不信，他默不做声地对我微笑着，那神情好像他对这事早就预料到了。

尽管他十分警惕，但并不沮丧消沉。恰恰相反，我还从未见过他这么精神抖擞过。他一再跟我说，要是他能为社会除掉莫里亚蒂这个祸害，他会高高兴兴地把他的侦探事业结束。“华生，我想我这一生还是做了些事的，”福尔摩斯说，“如果我就在今

晚死去，也没什么愧疚的。由于我的努力，伦敦的治安好多了。在我经手的一千多个案子中，我敢说，我都是尽了力的。华生，我对社会上那些由人为造成的浅薄问题不感兴趣了，相反，我对大自然却有了兴趣。华生，等我把这位欧洲最危险、最厉害的罪犯逮住后，我就罢手不干侦探了。你的回忆录也就可以收尾了。”

我将尽量简明扼要地把这个故事讲完。我本来不想细细讲述这件事的，但我又有责任不把一切细节遗漏。

五月三日，我们来到了荷兰迈林根的一个小村镇，在老彼德·施太勒经营的“大英旅店”住下了，店老板非常聪明，他在伦敦格罗夫纳旅馆干过三年侍者，能说一口流利的英语。第二天下午，店老板建议我们翻过山岭到那边的罗森洛依去过夜，临行前，他还特别交代，要我们别错过了半山腰的莱辛巴赫瀑布，不妨绕一点路去看一看。

莱辛巴赫瀑布又高又险。融雪汇成的急流，在这里注入万丈深渊，激起的水雾团团上升，像失火的房屋冒出的滚滚浓烟。瀑布的上端是一个巨大的豁口，两边耸立着乌黑发亮的山岩，瀑布越往下越窄，奔腾的乳白色的水流泻入深不见底的山谷，发出经久不息的巨响。密密的水帘不断地晃动着向上升腾、翻卷，发出嗞嗞的响声，让人头昏目眩。我们站在岩石边凝视着下方拍击着黑岩的浪花，倾听着谷底传来的隆隆轰鸣声。

人们为了能观看到瀑布的全景，在半山坡上开了条小路。不过，这条小路被瀑布截断了，游客只好原路返回。我们刚转身往回走，突然看到一个瑞士少年拿着一封信跑了过来。信封上的地

址是我们刚离开的那家旅店，信是店主写给我的。信上说，我们刚离开不久，店里就来了位患晚期肺结核病的英籍中年妇女。她在达沃斯普拉茨过的冬，现在去卢塞恩旅游访友。没想到在店里突然咯起了血，很有生命危险。病人很希望能有位英国医生为她治疗。好心的店老板又在附信中说，由于病人拒绝瑞士医生替她治疗，而他自己要对生病的客人负责任，所以只好请我回去。对于这样的请求，我没有理由置之不理，这毕竟关系到一个同在异国他乡的女同胞的生命。但要我离开福尔摩斯，我又有点不放心。最后，我们商量了一会儿，决定留下那个送信的瑞士少年给他做伴，而我一个人返回迈林根。福尔摩斯说，他要在这里再看一会瀑布后，再漫步翻山去罗森洛依，我们傍晚的时候在那里会合。我转身下山时，看到福尔摩斯正背靠山石，双手抱臂，俯视着飞泻的瀑布。没想到，这竟是我看他的最后一眼。

我走到坡下扭头回望时，瀑布已经看不见了，不过山腰上通往瀑布的那条蜿蜒崎岖的小道仍然可以望得到。我记得当时有个人在这条小道上飞快地往山上跑，他看起来像是个精力充沛的人，很快，他黑色的身影就消失在绿荫丛中。我因为当时有急事在身，根本就没考虑他可能会是什么人。

大约一个小时后，我才回到迈林根。店老板施太勒在旅店的门口站着。

“怎么样了？”我急忙走上前去说道，“她的病情没有恶化吧？”

施太勒对我的问话感到莫名其妙，我见他这个样子，立刻感到大事不好。

“这信是你写的吗？我把口袋里的信掏出给他看，“旅店里真的住了位生病的英国女人吗？”

“这不是我写的！”他大声说，“但信封上的地址却写着我的店子……哈，我知道了，这肯定是那个高个子英国人写的，他是你们走后才到的，他说……”

我没等他说完，便惊慌失色地往山上跑，跑向我刚下山的那条小道。下山我只用了一个小时，但这时是上山，全是上坡路，尽管我没命地跑，但赶到瀑布边时，已是两个小时过后了，瀑布周围根本没有福尔摩斯的踪影。我大声喊着他的名字，但回答我的只是四周山谷的回音。

找到福尔摩斯的登山杖后，我不由得不寒而栗起来。这表明他并没到罗森洛依去，他就是在这条一边是绝壁，一边是深谷的三英尺宽的小道上遭到那个该死的莫里亚蒂的袭击的。那个瑞士少年也不见踪影，也许他拿了莫里亚蒂的赏钱后，就离开了这两个对手。他走后发生了什么事呢？有谁能告诉我呢？

我被这事吓傻了，在那里站了一两分钟后，才竭力镇定住自己，我想到了福尔摩斯的推理方法，想尽力用它去查明到底发生了什么事。天哪，这太容易了。我们分别的时候，不是站在小道尽头的，他的登山杖说明了我们曾在的位置。道旁微黑的土壤由于水花的不停溅洒，始终是松软的，即使一只鸟落下去也会留下爪印的。在我脚下，有两排脚印清晰地一直通向小道的尽头，并没有返回的脚印。在离尽头几码远的地方，小道被践踏得一片泥

泞。瀑布边上的荆棘和羊齿草被弄得乱七八糟地倒在泥水中。我趴在水花四溅的瀑布边仔细查看——在我离开旅店时，天就快黑了——此时我只能看到黑色绝壁上闪闪发亮的水珠和山谷深处高溅的浪花。我大声呼叫，但我听到的只有瀑布的轰鸣。

不过上天有眼，我终于找到了我的朋友和搭档的临终遗言。前面说过，他的登山杖斜靠在小径旁一块凸出的岩石上。我在这块岩石的顶上看到了一件闪闪发光的东西，我伸手把它拿下来一看，原来那是福尔摩斯经常带在身上的银烟盒。就在我拿起烟盒时，原先被它压着的叠成小方块的纸飞落了下来。我捡起打开一看，原来是三张从笔记本上撕下来的纸，上面是写给我的信。信的内容简洁明了，字写得刚劲有力，好像是从容不迫地坐在书房里写下的一样，这完全体现了福尔摩斯的个性。

信是这样写的——

我亲爱的华生：

承蒙莫里亚蒂先生的好意，才有机会写下这几行字，他正等着彻底解决我和他之间的矛盾。他已经把摆脱英国警察和查到我们行踪的方法给我讲了个大概，他的这些方法，证明他确实有我评价的那么聪明。我一想到我能为社会把他这个祸害给除掉就十分高兴，尽管这恐怕要给我的朋友们，特别是你，我亲爱的华生，带来悲痛。不过，我跟你解释过，我的人生已经到了重要关头，对我来说，这是个很令人心满意足的结局。我现在坦白跟你说了吧，我一看到迈林根的来信，就知道这是一场骗局，我让你走开，是因为我相信，这事是迟早要解决的。请告诉帕特森警长，他给那个犯罪团伙定罪时所需的证据放在以M开头的文件夹里，里头有个写着“莫里亚蒂”的蓝色信封。在离开英国时，我已经把我微薄的产业交付给我的哥哥迈克罗夫特了。请代我问候你的夫人，我的朋友。

你忠诚的夏洛克·福尔摩斯

剩下的事几句话就能说清了，专家们现场检查的结果表明，他们两个进行过一场搏斗，在搏斗中，两人双双跌落深谷，由于谷底水流湍急，两人的尸体都找不到了。当代最危险的罪犯和最杰出的人民卫士永远地葬身在这个深不见底的谷中了。那个瑞士少年也从此销声匿迹了，显然，他是莫里亚蒂的帮凶。至于那个犯罪团伙，相信大家还记得，由于福尔摩斯搜集到了他们犯罪的所有证据，而被彻底铲除了。但他们的幕后领袖莫里亚蒂，在诉讼过程中很少提及，这是因为某些人想以庇护莫里亚蒂的方式来诋毁福尔摩斯，但，他们是白费心机，福尔摩斯在我心中永远是世上最好、最机智的人。

曾有一两次，我深悟到，我抓到罪犯而造成的坏处比犯罪本身还要严重。我现在已经懂得了慎重，法律和良心相比，我更愿意欺骗法律。

归来记

Blood Keyword Research

空屋

1884年的春天，罗诺德·阿德尔莫名其妙地被人杀害了，这也曾经引起伦敦各界人士的特别关注。因此起诉理由也很充分，无需警方调查中获得的许多细节来补充。时至今日，我才获得允许补充这些被删去的细节。案件本身耐人寻味，在我生平历险事件中，其结局最令我震惊和诧异。即使过了这么漫长的十年时间，现在一想起它来就叫我毛骨悚然，特别是那种惊奇与亢奋的疑惑情怀，简直刻骨铭心，难以忘怀。

由于我和福尔摩斯的密切关系，自然使我对刑事案发生了浓厚的兴趣，这是可想而知的。自从福尔摩斯去世后，凡是公开发表的疑案，我都仔细读过，从不遗漏，甚至我还不止一次地试用福尔摩斯的推理方法来解释这些疑案。但没有一桩案子像阿德尔的惨死那样弄得我迷惑不解。尤其是在我读到审讯时提出的证据往往混淆了谋杀与误杀的特征时，我更清楚地意识到福尔摩斯的去世给社会带来多么巨大的损失。虽然我整天巡回出诊，脑子里却想着这件案子。

阿德尔是澳大利亚某殖民地总督梅鲁伯爵的第二个儿子。他的母亲从澳大利亚回到英国来做白内障手术，跟他和妹妹希尔达一起住在公园路427号。阿德尔出入上层社会，就大家所知，他

并没有仇人，也没有恶习。他曾与伍德利小姐订过婚，但不久在双方同意的情况下解除了婚约。因为他性格冷漠，习惯于刻板的生活，因此他的朋友圈子很小。可是，就在 1884 年 3 月 30 日夜里十点至十一点二十分之间，死神以最奇特的方式降临到他的头上。

阿德尔喜欢打牌，他是鲍尔温、卡文狄希和巴格尔三家纸牌俱乐部的会员。他遇害的那天下午和晚上一直在卡文狄希俱乐部。跟他在一起打牌的莫瑞先生、哈代爵士和莫兰上校证明他们打的是惠斯特，类似中国的桥牌，每人的牌运都差不多，阿德尔大概输了五镑。他有一笔可观的收入，像这种输赢对他毫无影响。他几乎每天不是在这家俱乐部就在那家俱乐部打牌，但他打得小心谨慎，几乎从没输过。证词中还谈到在几个星期前，他和莫兰上校一边，一下子赢了米尔纳和巴尔莫洛勋爵四百二十镑。

在出事的那天夜晚，他从俱乐部回来已经十点，他母亲和妹妹到亲戚家串门去了。女仆说看见他进二楼那间他经常当起居室的房间。她已经在屋里生好了火，因为冒烟把窗户打开了。一直到十一点二十分梅鲁斯夫人和女儿回来了，梅鲁斯夫人想进儿子屋里去看看，发现房门从里边锁上了，听凭叫喊、敲门都不见答应。于是让人把门撞开，只见阿德尔躺在桌边，脑袋被枪打得开了花，样子非常可怕。桌上摆着两张十镑的钞票和总共 11 镑 10 先令的金币和银币，一共有十小堆。另外有张纸牌条，上面记了若干数目字和几个俱乐部朋友的名字，由此可知遇害前他正在计算打牌的输赢。

检查现场发现了两个疑点。第一，举不出理由来说明这个年轻人为什么要从屋里把门插上。如果说是凶手把门插上了，然后从窗户逃跑。可是从窗口到地面至少有30尺，窗下的花毡没有被人践踏过的痕迹。在房子和街道之间的草地上也没有任何痕迹。显然是年轻人自己把门插上的。如果真有人从外面对准窗口放一枪，而使他丧命，那这个人必定是个神枪手。第二，这是一条川流不息的交通要道，离这不到100码就是马车站。这里有人被枪杀了，却没有人听到枪声。再说阿德尔没有仇人，他屋里又没有谋财害命的迹象。这一切使得案情变得更复杂了。

我整天反复思考这些事实，竭力想找到一个能解释得通的理由，亡友福尔摩斯称它为一切调查的起点。傍晚，我漫步穿过公园，大约在六点左右走到了公园路连接牛津街的那头。一群人围在人行道上仰头望着一扇窗户。一个戴着墨镜的瘦高个子的人，正在讲述他的推测。我想尽量凑过去，但听了几句觉得实在荒谬，便又从人群中退了出来。正在这时候我撞在后面一个行动不便的老人身上，把他手里的几本书碰落在地上。当我一边道歉一边弯下身捡起那些书的时候，看见其中一本书名叫《树木崇拜的起源》。这使我想到老人必定是个穷藏书家，收集一些不见经传的书籍作为爱好或职业。他不耐烦地吼了一句，转身就消失了。

我多次观察公园路427号，这座房子与大街只隔着一道半截是栅栏的矮墙，最多不过几英尺高，想进花园非常容易。但要靠近那扇窗户就难了，因为墙上没有水管或者别的东西可以攀缘，我更加迷惑不解地返回肯辛顿。我在书房里待了没多久，女仆告

知有人要见我。我吃惊的是来者并不是别人，却是那个旧书收藏家。灰白的须发间露出他那张轮廓分明而干瘦的脸，右臂下挟着书本，起码有十来本。

“你没想到吧，先生。”他的声音嘶哑而奇怪。

我承认没想到会是他。

“先生，刚才我一瘸一拐地跟在你后面，看见你走进这屋子。我对自己说我要进来看看那位好心的绅士，为刚才的粗暴态度向他表示歉意，还要谢谢他帮我捡书。”

“这点小事您不必在意。”我说，“请问您是怎么认出我的？”

“先生，我算是您的街坊，我的小书店就在教堂街拐角处。我那里有《英国鸟类》、《克图拉斯》、《圣战》许多书，价钱都很便宜。您再买五本书就能填满你书架第二层的空档。对不对，先生？”

我回头看了看书橱。等我再回过头来，福尔摩斯就隔着书桌站在那里微笑着。我霍地站了起来，吃惊地盯着他，后来我好像晕了过去，眼前一片白雾在打旋。白雾消失后，我才发现我的领口被人解开，嘴里还有白兰地的辛辣味，福尔摩斯正靠在我身边，一手拿着随身携带的扁酒壶。

“华生，”一个熟悉的声音说：“我非常抱歉。我根本没想到会把你吓成这个样子。”

我紧紧抓着他的手臂。

“福尔摩斯！”我大喊道，“真的是你吗？难道你还活着？你是怎样从那可怕的深渊里爬上来的？”

“等一等，”他说，“你的精神看来已经恢复过来了。”

“我已经没事了。你尽管实话实说，我真不敢相信眼前的一切。”我又抓起他的一只袖子，摸着里面那只瘦而有力的胳臂。我说：“看到你我真是太高兴了。坐下来，告诉我你是怎样从那可怕的峡谷中逃出来的。”

他在我的对面坐下来，像以往那样若无其事地点燃了一支烟。他的身上穿着一件卖画商人穿的破旧长外套，比以前显得更加清瘦、机警，但他那双鹰似的眼睛下面色苍白，看得出来他最近的生活很没规律。

“我很高兴能在这里伸直腰杆，华生，”他说，“让我这个高个子扮个驼背老头实在并非儿戏。至于为什么要这样，我的老朋友，等我今晚把这项冒险工作完成后，再把详情告诉你。”

“我现在很想知道。”

“今晚你愿意和我一起去吗？”

“无论何时何地都愿意跟您一起去。”

“你还是老样子。我们出发前还有时间吃点晚饭。好吧，就说说那个峡谷。我从峡谷中逃出来并没有多大困难。道理很简单：因为我根本没有掉下去。”

“你没有掉下去？”

“没有，但我给你的便条是真的。当我发现阴险的莫里亚蒂站在那里挡住了那条通向安全地带的窄道上时，我觉察到一个阴谋。于是我跟他交涉了几句后，写了那封你后来收到的短信。我把信、烟盒和手杖留在那里后，便沿着那条窄道前行，莫里亚

蒂紧跟着我。窄道尽头是悬崖，悬崖下是峡谷，我无路可走了。莫里亚蒂并没有掏出武器，却突然不顾一切地冲过来把我抱住，想把我从瀑布上面摔下去。但我懂点日本柔道，我从他的双臂中挣脱出来后，他发出一声可怕的尖叫，失去平衡而掉下去了。我探头见他疯狂地踢了几下，两手向空中乱抓，然后落在一块岩石上，滚到水里去了。”

“可是那脚印呢！”我不解地问，“我亲眼看见那窄道上只有两个人往前走的脚印，往回走的一个也没有。”

“事情是这样的。就在教授掉进峡谷的一瞬间，我忽然想到这是一个巧妙的机会。我知道不仅是莫里亚蒂一个人要置我于死地，至少还有三个人，他们想要向我报复的欲望会因他们首领的死亡而变得更加强烈。这三人准有一个会找到我。但如果事实证明我死了，这几个人就会放松对我的戒备而抛头露面，这样我就能消灭他们。”

“我站起来观察后面的悬崖。在你那篇我后来读得津津有味的生动描述中，你断言那是绝壁，但不完全正确。因为悬崖上有几个露在外面的小小的立足点，而且有一块平台一样的岩架。想要一直爬上那么高的峭壁显然是不可能的，再想顺着那条湿漉漉的窄道走出去而不留下脚印也是不可能的。就算像过去曾用过的那样把鞋倒穿着行走，也会引起怀疑。于是，我决定冒险爬上去。华生，瀑布在我的脚下轰隆作响，我仿佛听见莫里亚蒂的声音从深渊中冲我叫骂。好几次当我手没抓住身边的草丛或脚从湿滑的岩石缺口滑下来时，我想我死定了。但我还是拼命往上爬，终于爬上那块长满柔软绿苔的岩架，我可以很舒服地躺在岩架上。

“当你悲伤地离开后，那里就剩下我一个人。我以为我的危险到此结束了。可是还有使我吃惊的事情发生了。一块巨石从上面落下来，轰隆一声从我身边擦过去掉进深渊。我当时还以为是偶然掉下来的。过了一会儿，我抬头望见昏暗的天空中露出一个头。这时又一块石头落下来，砸在我躺着的地方，离我的头部不到一尺远。我立刻断定是莫里亚蒂的同伙。他躲在我看不见的地方，然后绕道上了崖顶，企图完成他朋友未能完成的置我于死地的计划。

“我正思考着，又看见那张冷酷的面孔朝下探视，这是另一块石头要落下来的预兆。我对准崖下的小道往下爬，尽管爬下去比往上爬更难百倍。但我没时间考虑了，因为就在我双手攀住岩石架边沿、身体悬空吊起的时候，又一块石头呼的一声从我身边落了下去。我爬到一半的地方脚踩空了，掉在那条窄道上，摔得头破血流。我顾不了伤痛爬起来就跑，在山里摸黑走了十多里。一星期以后，我到了意大利佛罗伦萨，这一来无人知道我的下落。

“那时我唯一能够信赖的人就是我的哥哥麦克罗夫特。我要再三向你道歉，华生。在这三年中，我几次提笔想给你写信，但总是担心你对我的深切关心会不慎而泄漏我还活着的秘密。也是因为这个缘故，今天傍晚你碰掉我的书的时候，我只能粗暴地回避，因为我的处境很危险，只要你稍微露出点惊奇和激动，就可能引人注意我的身份而造成无法弥补的后果。至于麦克罗夫特，那时为了得到我需要的钱，我必须把我的秘密告诉他。在伦敦，事态的发展仍然非常危险，因为在审理莫里亚蒂匪帮案中，有两

个最危险的成员逃脱了，他们至今仍逍遥法外。我在中国西藏旅行了两年，然后到了波斯，游览了麦加圣地，又到了苏丹首都喀土穆，对当地的宗教精神领袖进行了一次简短而有趣的拜访，并且把拜访的结果告诉了外交部。回到法国后，我花了几个月的时间来研究煤焦油的衍生物，这项研究是在法国南部蒙彼利埃的一个实验室进行的。后来我又听说我的仇人现在剩下一个在伦敦，我便回来了。这时，公园路奇案使我加快了行动，不仅因为案件本身的莫名其妙，而且我相信这个机会很难得。我立刻回到了贝里克街，哈德森太太被我吓得半死。麦克罗夫特把我的房间和房间的一切照原样保存着。”

这就是四月里的那天晚上我听到的离奇的故事。要是没有亲眼见到那瘦高的体形和热诚的面容来证实的话，这个故事简直是无稽之谈。我不清楚他是怎样知道了我正在服丧的消息。“工作是对悲伤最有效的解药，”他说，“今天晚上，我为你安排了一项工作，如果我们能成功地完成，也就不枉活在世上。”我请他讲详细些，但是不管用。“天亮前够你听和看的，”他回答说，“我们有三年的往事要谈，但只能谈到九点半，就要开始这场特别的空楼历险。”

到了九点半，我和他坐在一辆双座马车上，我口袋里装着手枪，心里充满了历险的激动。路灯忽明忽暗地照在福尔摩斯冷峻的脸上，只见他嘴唇紧闭皱眉沉思。他那苦行僧般肃穆的脸上不时露出讥讽的微笑，预示着我们这次历险是吉凶未卜。

我以为我们要到贝里克街去，但就在卡文狄希广场拐角处马车停下来。我看见福尔摩斯下车时左顾右盼，还极其细心地看后

面有没有人跟踪。福尔摩斯对伦敦的偏僻小道异常熟悉。这一次他迅速而有把握地穿过一连串我从来不知道的窄街小巷，曼彻斯特街，然后来到布兰福特街。在这里他立刻拐进一条狭窄的小巷，又穿过一扇木栅栏门进了一个院子。他用钥匙打开了一座楼房的后门，我们一走进去他就把门关上了。

这里漆黑一片，但很明显是一座空楼，没铺地毯的楼板在我们脚下吱吱作响。我伸手触碰了一面墙，上面糊的纸已裂成一片片往下垂着。福尔摩斯用冰凉的手指抓住了我的手腕，领我走过一条长长的过道，然后突然往右转，我们便进了一间正方形的空房，屋角很暗，只有当中一块地方被远处的街灯照得有点亮。近处没有街灯，窗户上又积了厚厚的一层灰，我们只能借着远处的灯光看清彼此的轮廓。

“你知道我们在哪里？”他凑近我耳边悄悄地问。

“那边就是贝克街。”我睁大眼睛透过模糊的玻璃往外看。

“不错。这里就是我们寓所对面的卡姆登私邸。”

“我们干吗来这里？”

“从这里可以看清楚对面高楼。华生，你可以靠近窗户，但要小心别暴露自己。现在再看看我们的那间寓所吧，顺便验证一下我离开这三年是不是失去了我使你惊奇的能力。”

我轻轻地往前移动，向对面我熟悉的窗户望去。当我的视线落在那扇窗上时，我吃惊得叫了起来。窗帘已经放下，屋里亮着灯，明亮的窗帘上清楚地映出屋里坐着一个人：那头的姿势，宽宽的肩膀，那轮廓分明的转过半面去的脸，完全像福尔摩斯本人。我惊奇得忙把手探过去，想弄清楚他还在不在我身边。他不出声

地笑得全身颤动。

“看到啦？”他说。

“我的上帝！”我大声说，“妙极了！”

“我相信我的奇思妙想还没有枯竭，或者因常用而过时吧。”他说。我从他的话中，听出了这位艺术家为自己的创作感到得意和自豪。“确有几分像我，对不对？”

“我敢发誓那简直就是你本人。”

“这得归功于莫尼埃先生，他花了几天的时间做模型。你看到的，那是一座蜡像，是我今天下午布置的。”

“你认为有人在监视你的寓所？”

“是的，他们的首领此刻躺在莱辛巴赫瀑布下面。你别忘了，他们知道我还活着。他们相信我迟早会回寓所的，就不断进行监视。今天早上他们看见我回来了。”

“你怎么知道的？”

“因为我正从窗口往外看，一眼就认出了他们派来放哨的人。这个人姓巴克尔，以杀人抢劫为生，我不在乎他，但我担心他背后那个难以对付的人。这家伙是莫里亚蒂的知心朋友，也就是从悬崖上向我投石块的那个人。华生，今天晚上在跟踪我的就是他。”

在这个隐蔽的地方，监视别人的人正被人监视，跟踪别人的人正被跟踪。那边窗户上消瘦的影子是诱饵，我们才是真正的猎人。我们沉默地站在黑暗中，注视着在我们眼下来去匆匆的人影。这是个寒冷喧嚣的夜晚，寒风刮过长长的大街，发出一阵阵呼嚎。街上的行人大都紧裹着外套和围巾。有一两次我还看到两个像是在附近一家门道里避风的人。我让福尔摩斯注

意这两个人，但他扫了一眼又继续盯着街上的行人。他有时又局促不安地挪动脚步，手指不停地敲着墙壁。显然他开始担心他的计划是否像他期望的那样有效。将近午夜时，街上的人渐渐少了，他控制不住自己的耐心，在屋里踱来踱去。我正想对他说点什么，抬眼看了看对面，再次使我大吃一惊。我抓住福尔摩斯的胳臂，朝对面指了指。

“影子动了！”我叫道。

窗帘上的影子已经不是侧面而是背朝着我们。

三年的时间并没有消除他粗暴的脾气，也没有减少他对智力低于他的人所表示不耐烦。

“华生，难道我会那么愚蠢，会长久地支起一个假人让人一眼识破，还自欺欺人地希望用它来蒙骗几个欧洲最狡猾的家伙？我们在这屋里呆两个钟头，哈德森太太已经把假人的姿态变换了八次，每一刻钟一次。她从前面来转动它，这样她自己就决不会被人看见。啊！”他突然倒吸了一口气。在微弱的光线下，只见他往前探头，神情紧张。大街上已空无一人，除了我们对面那正中现出人影的明亮的黄色窗帘之外，什么也看不见。过了一会儿，他拽着我退到最黑的屋角里，一手捂住我的嘴。他的手在颤抖，我从未见过他如此激动。

一阵蹑手蹑脚的声音传进我的耳朵，这声音并非来自贝克街的方向，而是从我们藏身的这座空楼后面传来的。一扇门打开又关上了。过了一会儿，走廊里响起轻轻的脚步声。这本来想不弄出声音的脚步，却在空屋中引起了刺耳的回响。福尔摩斯靠墙蹲下来，我也和他一样，手里握着我的左轮枪柄。朦胧中我看见一

个模糊的人影，他站了片刻，然后弯下身子偷偷地走进屋来。这人离我们不到三码。我已经准备好等他扑过来，但他根本不知道我们在这里。他从我们旁边走过去，轻轻地把窗户推上去半英尺。当他靠着窗口跪下来的时候，街上的灯光不再受积满灰尘的玻璃的遮挡，他的脸被照得清清楚楚。这人上了年纪，前额秃而高，胡子灰白。一顶可以折叠的大礼帽推在后脑勺上，敞开的外套露出夜礼服白色的前襟。他的脸又瘦又黑，满是凶悍的皱纹，面部不停地抽搐。他拿着一根像手杖的东西，当他把它放在地板上的时候，却发出了金属的响声。然后他从外套的口袋中掏出一大块东西，摆弄了一阵，最后咔哒响了一下。他仍旧跪在地板上，弯腰将全身力量压在什么杠杆上，接着响起一阵旋转和摩擦声，最后又是咔哒一响。当他直起腰来，我才看清楚他手里拿的是一支枪，枪托的形状很特别。他拉开枪膛，把枪架在窗台上。我看见他的长胡子坠在枪托上，闪亮的眼睛对着瞄准器，瞄着那个令人惊异的目标——黄色窗帘上的人影。只听到嘎的一声怪响，接着是一串清脆的玻璃声。就在这一刹那，福尔摩斯像老虎似的扑了过去，把他的脸朝下摔倒了。但射手立刻爬了起来，拼命地掐住福尔摩斯的喉咙。我用手枪柄朝他头上猛击了一下，他又倒在地板上。在我扑过去把他按住时，福尔摩斯吹了一声刺耳的警笛。人行道上立刻响起一阵跑步声，两个穿制服的警察和一个便衣侦探冲了进来。

“雷斯垂德？是你吗？”

“是我，福尔摩斯先生。非常高兴你回伦敦来，先生。”

“我想你需要点帮助。一年期间有三件命案破不了是不行的，雷斯垂德。不过你处理莫尔齐的案子表现得还不错。”

射手在喘着粗气，被两名身材高大的警察挟持着。福尔摩斯关上窗子，又放下了帘子。雷斯垂德点燃蜡烛，警察也打开了提灯。

我们看到一张精力充沛而万分奸诈的面孔。这人长着哲学家的前额和酒色之徒的下颌，只要一看他那下垂的眼睑和冷酷的蓝眼睛，那凶险、挑衅的鼻子和那咄咄逼人的浓眉，谁也能在人群中把他认出来。他谁都不看，只盯着福尔摩斯，眼中充满了惊异和仇恨。“你这个魔鬼！”他不停地吼着，“你这个狡猾的魔鬼！”

“上校！”福尔摩斯一边整理弄乱了的领子一边说，“就像戏本里常说的‘不是冤家不聚头’，自从悬崖上承蒙你的关照后，我就没有见到你。”

上校依然目不转睛地盯着福尔摩斯。他能说出的只有一句：“你这个狡猾的魔鬼！”

“上校，我还没有介绍你呢，”福尔摩斯说，“先生们，这位就是莫兰上校，曾在女王陛下的印度陆军中效力，他是我们所造就的举国无双的射手。上校，我想这样评价还算公道吧！”

这个凶恶的上校一声不响，依然瞪大眼睛看着我的伙伴。他那充满野性的眼睛和倒竖的胡子活像一只猛虎。

“奇怪，我略施小计就能使这么一个老练的猎手上当。”福尔摩斯说，“这应该是你非常熟悉的办法。你不是也在一棵树下拴只小山羊，自己藏在树上，等着这只作为诱饵的小山羊把老虎引来吗？这座空楼成了我的树，你就是我想要捕捉的那只猛虎。”

莫兰上校怒吼一声向前冲来，但被两个警察拖了回去。他脸

上露出愤怒得可怕的表情。

“我承认你有一招出乎我的意外。”福尔摩斯说，“我没有料到你也会利用这座空楼和这扇窗子。我猜想你会在街上行动，那里有我的朋友雷斯垂德和他的警察在等着你。”

莫兰上校转过脸对着雷斯垂德说道：“你也许有、也许没有逮捕我的正当理由，”他说，“但至少没有理由让我受这个人的嘲讽。如果我现在是处于法律的掌握中，我愿意立刻跟你走，不想再见到这个人。”

“好的，”雷斯垂德说，“福尔摩斯先生，我们走之前，你还有什么要补充的吗？”

福尔摩斯早把那支威力很大的气枪从地板上捡了起来，正在细看它的结构。

“真是一件罕见的武器，”他说，“无声而且威力极大。我认识这个双目失明的德国技工冯·赫德尔，这是他给莫里亚蒂教授特制的。几年前我就知道有这么一支枪。雷斯垂德，我把这支枪和子弹，都交给你们保管。”

“你可以放心交给我们，福尔摩斯先生，”雷斯垂德说，“你还有什么要说的吗？”

“你准备以什么罪名提出控告？”

“什么罪名？自然是企图谋杀你啰。”

“这不行，我不能为此出面。逮捕是你的功劳。雷斯垂德！你以经常表现的智勇双全抓住了他。”

“抓住了他！抓住了谁？福尔摩斯先生！”

“就是全体警察一直没有找到的这个莫兰上校，他在上月 30

日把一颗开花子弹装在气枪里，对准公园路427号二楼正面窗口开了一枪，打死了阿德尔。这就是逮捕他的罪名。华生，要是你能忍受从破窗口吹进的冷风，不妨到我书房去抽一支雪茄烟，可以让你放松一下。”

我们的老房间，多亏麦克罗夫特的监督和哈德森太太直接照管，一切如故。这一角是作化学试验的地方，放着那张被酸液弄脏了桌面的松木桌，那边架上摆着一排大本的剪贴簿和参考书。我环视四周，挂图、提琴盒、烟斗架，连装烟丝的波斯拖鞋都历历在目。屋里已经有两人：一个是我们进来时笑脸相迎的哈德森太太，另一个是在今晚的险遇中起了诱饵作用的假人。这是一座做得维妙维肖的、上过颜色的蜡像，搁在一个小架子上，披了福尔摩斯的一件旧睡衣，简直和真的一样。

“一切预防措施你都遵守了吗，哈德森太太？”

“按你的吩咐，我是跪着变换蜡像姿态的，先生。”

“太好了。你看见子弹打在什么地方了吗？”

“看见了，先生，子弹恰好穿过头部，然后碰在墙上。这是我在地毯上捡到的，已经变形了！”

福尔摩斯伸手把子弹递给我。“一颗铅头左轮子弹。哈德森太太，非常感谢你的协助。现在，华生，请你坐在老位子上，有几个问题我想和你讨论一下。”

他脱下那件旧礼服大衣，从蜡像上取下灰褐色的睡衣穿上，于是又成了往日的福尔摩斯了。

“这个老射手居然手还不抖，眼也不花，”他一边检查蜡像破碎的前额一边笑着说，“过去在印度他是最好的射手，现在伦

敦也无人可比，你听说过他的名字吗？”

“没有。”

“你可能没听说过。请把那本传记索引递给我。”

他把身子往椅背上靠了靠，大口地喷着雪茄，悠然地翻着他的记录本。然后把翻到那一页递给我看：

塞巴斯蒂恩·莫兰上校，无业，原属班加罗尔工兵一团。1849 年出生于伦敦，原英国驻波斯公使莫兰爵士之子。曾就读于伊顿公学、牛津大学。参加过乔瓦基战役、阿富汗战役。著作：《喜马拉雅山西部的大猎物》，《丛林中三月》。住址：管道街。俱乐部：英印俱乐部，坦克维尔俱乐部，巴格特尔纸牌俱乐部。

在这段文字的边上，有福尔摩斯的旁注：伦敦第二号危险分子。

我把索引还给他时说：“这个人还有体面的军旅生涯呢。”

“的确如此，”福尔摩斯说，“他一向胆大无比，在印度还流传着他爬进水沟去追一只受伤的猛虎的故事。华生，有些树木在长到一定的高度时，会突然扭曲变成畸形。我认为一个人在发展中再现了他历代祖先发展的全过程，而像这样突然变好或变坏，预示出他的家族中的某种遗传基因的影响。”

“你这个想法确实有点怪诞。”

“那我先不谈这个。不管是何原故，莫兰上校堕落了。他在印度虽没有什么丑闻，但他无法立足是事实。他退伍了，回到伦敦，被莫里亚蒂教授挑中了，莫里亚蒂很大方地供给他钱，利用他作一两件普通匪徒干不了的案子，你可能还记得 1887 年在洛德的那个斯图尔特太太被害的案子。我敢断定莫兰是主谋，但一点证据都没有。即使在莫里亚蒂匪帮被破获的时候，我们也无法控告他。你还记得就在那天我到你寓所去看你，为了气枪，我不是把百叶窗关上了吗？因为我已经知道有这样一支不寻常的枪，而且知道在这支枪的后面有一个全世界第一流的射手。我们在瑞士的时候，他同莫里亚蒂一起跟踪着我们。毫无疑问，悬崖上向我抛石头的就是他。

“我一向看报，就是为了注意他。只要他还逍遥法外，我就不会安心，他迟早会来报复我，因此我一筹莫展。我留心报上的犯罪新闻，我早晚要把他逮住。后来我知道阿德尔惨死的事情，我的机会终于来了。就我所知道的那些情况来看，这显然是莫兰上校干的！他先跟这个年轻人打牌，然后从俱乐部一直跟到他家，对准敞着的窗子开枪打死了阿德尔。我回到伦敦后，却被他们的人发现了，上校不能不把我的突然归来和他杀人的事联系到一起，而且感到万分惊恐。我猜准了他会立刻想办法干掉我，并且为了达到目的他会再拿出这件凶器来。我于是在窗口给他制造了蜡像做诱饵，还预先通知苏格兰场可能需要他们帮助，然后我找到那个在我看来是万无一失的空楼做监视点，绝没想到他也会挑上那个地方来作案。亲爱的华生，现在你都明白了吗？”

“不太明白，”我说，“你还没有告诉我莫兰上校为什么谋杀阿德尔。”

“这一点我们只能推测了，不过在这方面，就是逻辑性最强的头脑也可能出错。各人可以根据现有的证据作出他自己的假设，你我的假设都可能对。”

“从证词中得知莫兰上校和年轻的阿德尔打牌赢了一大笔钱，可以肯定莫兰作了弊——我早就知道他打牌作弊。我相信就在阿德尔遇害的那天，阿德尔发觉他作了弊。可能他还恐吓要揭发莫兰，除非他自动退出俱乐部并答应从此不再作弊。一般来说像阿德尔这样的年轻人不大可能去揭发一个既有点名气又比他大得多的莫兰上校，闹出一桩丑闻来。但对靠打牌骗钱为生的莫兰来说，开除出俱乐部就等于毁掉自己的财路。所以莫兰把阿德尔杀了，阿德尔那时正在计算自己该退还多少钱给某人，因为他不愿意从搭档的作弊中取利。他锁上门是为了不让他母亲和妹妹突然进来寻根问底。这样说得通吗？”

奇怪的是，打字机也像手写一般能表现出一个人的性格。除非两台打字机都相当新，否则没有哪两台打字机打出的字是一模一样的。

“我相信你说出了案情的真相。”

“在审讯时总会水落石出的。重要的是不论发生什么，莫兰上校再也不会危害我们了。这支了不起的独特的气枪将为苏格兰警察局的枪械馆增添新的战利品。”

诺伍德的建筑商

“按犯罪心理学专家看来，”福尔摩斯先生说，“自从莫里亚蒂教授令人悲伤地死去之后，整个伦敦就已经变成异常乏味的城市了。”

“恐怕基本上没有几个体面的市民会赞同你的看法。”我回答说。

“好吧，好吧，我可不能自私，”他一边把椅子从餐桌前推开，一边笑着说。“社区肯定是赢家，并且，除了无事可做的犯罪学专家，没人是输家。有那家伙在的时候，报纸上会有大量可能发生的情况。哪怕只是一点蛛丝马迹，都足以让我知道那个聪明的恶人的存在，就像蛛网边缘最微弱的震颤都能让人联想到蛛网中央潜伏着恶毒的蜘蛛一样。小偷小摸、嬉闹打斗、无名的恼怒——对于牵着操纵线的人来说，这一切都可以用来罗织成一个有机的整体。对于高层次犯罪的研究者而言，欧洲没有哪个首都能像伦敦那样有优势。但现在——”他很滑稽地耸耸肩，对自己一手造成的后果表示不满。

说这些的时候，福尔摩斯已经回来有几个月了，我也应他的请求卖掉了我的诊所，回到了贝克街。有个叫弗纳的年轻医生买下了我在肯星顿的诊所。他对我鼓足了劲开出的高价几乎没提任

何异议，着实让我吃惊——过了好多年，我才知道弗纳是福尔摩斯的远亲，而钱是福尔摩斯出的。

这几个月并不像他劝我再跟他搭档时说的那样平淡，因为翻开日记就能看到这段时间经历了前总统穆里罗文书案，以及荷兰“弗里斯兰”号轮船惊悚案，后者差点要了我们俩的命。不过，他冷漠傲慢的性格使他厌恶任何形式的公众赞赏，同时他也严禁我多说他本人、他的方法，或者他的成功——这道禁令直到现在才解除。

表达完他匪夷所思的不满之后，福尔摩斯倚靠在椅子里，闲散地翻着晨报。突然门铃响了，紧接着是咚咚的响声，似乎有人在用拳头砸门。门一打开，就有急促的喧闹声从走廊传来，然后是急匆匆上楼梯的脚步声，不一会儿就有一个慌乱的年轻人冲进我们的房间。他眼睛透着狂乱，面色苍白，头发蓬乱，浑身战栗。他看看我，又看看福尔摩斯。我们盯着他，想要知道个究竟，这时他才意识到要为自己的鲁莽闯入道歉。

“对不起，福尔摩斯先生，”他喊道，“别怪我。我快疯了！福尔摩斯先生，我就是那个不幸的约翰·麦克法兰。”

似乎他说出这个名字就足以解释自己的来因和失礼了，但我的朋友跟我一样，还是莫名其妙，从他毫无反应的脸上可以看出这一点。

“来支烟，麦克法兰先生，”福尔摩斯把烟盒递过去，“照你现在的样子，我肯定我的朋友华生医生都可以给你开点镇静剂了。最近几天太暖和了。现在，如果你冷静点了，我很愿意你坐在那把椅子里，然后慢慢地、冷静地告诉我们你是谁，你想要怎么样。你说了自己的名字，就好像我应该知道似的，但我毫不含糊地告诉你，除了看样子你是个单身律师、共济会成员、患有哮喘病之外，其他的我一无所知。”

因为熟悉福尔摩斯的方法，再看看他脏乱的衣服、一卷法律文书、手表链，还有费力喘气的样子，不难得出福尔摩斯的推断。不过，我们的客人吃惊地瞪着眼睛。

“一点没错，福尔摩斯先生。另外，我是此刻全伦敦最倒霉的人。看在上帝的分上，别丢下我不管！要是我还没讲完他们就来逮捕我了，一定让他们给我时间，让我告诉你全部真相。要是知道你在外面为我主持公道，就算入狱我也安心了。”

“逮捕你！”福尔摩斯说，“这真是太有意思了！你觉得他们会以什么罪名逮捕你？”

“指控我谋杀诺伍德的乔纳·奥戴克。”

我的同伴富于表情的脸流露出同情——恐怕还掺杂着满足。

“天啊，”他说，“刚才早饭的时候，我还跟我的朋友华生医生说呢，报纸上已经没有什么值得关注的案件了。”

我们的访客伸出颤抖着的手，拎起仍然放在福尔摩斯腿上的报纸。

“先生，如果你看了的话，你一眼就能看到我一大早跑来是为了什么。我觉得肯定所有人都在谈论我和我的不幸。”他翻到中间一页。“在这儿，请允许我读给您听。您听听，福尔摩斯先生，标题是‘诺伍德谜案。一知名建筑商失踪。疑是谋杀兼纵火。

追捕凶犯的线索。’那就是他们正在跟踪的线索，福尔摩斯先生，并且我知道肯定会找到我。我从伦敦桥站就已经被跟踪了，并且我确信他们只是正在等逮捕我的拘捕令。这会打碎我母亲的心——会打碎她的心！”他痛苦地使劲搓着手，整个人在椅子里前后晃动着。

我关切地看着这个被控谋杀的人。他淡黄色的头发，人很英俊但很疲惫，蓝色的眼睛充满了恐惧，脸刮得干干净净的，嘴巴显得既虚弱又敏感。他大概有二十七岁，衣着及举止都是十足的绅士风度，轻便的夏衣口袋里探出一卷签注了的案卷，正是这个泄露了他的职业。

“我们必须充分利用现有的时间，”福尔摩斯说，“华生，能请你拿着报纸并且读一下相关段落吗？”

在我们的客人刚刚朗读的措辞犀利的标题下，我读到了以下文字：

昨晚深夜，或今日凌晨，在诺伍德发生了一起恐怕涉及重大犯罪的事件。乔纳·奥戴克先生是该郊区极有名的居民，多年来他名片上的职业是建筑商。奥戴克先生单身，五十二岁，住在希登翰大街尽头的溪谷园别墅，向来以习惯古怪闻名，深居简出，很是神秘。有几年他实际上放弃了据说使他从中大赚一笔的职业。不过，在别墅后院的木材场还在。昨晚约十二点，一堆木材起火。接警报后救火车迅速赶到现场，但因木材干燥，火势异常凶猛，直到木材燃尽才结束。至此，事件看起来还只是平常的火灾，但新的证据似乎指向重大犯罪。首先，别墅的主人不在火灾现场，这让人很吃惊。随即展开的调查表明别墅主人失踪。经检查卧室表明，床上没有人睡过，卧室中的保险箱被打开，地上散落着许多重要文件，最后还有凶杀搏斗的痕迹。房中有淡淡的血迹，一根橡木手杖的手柄也沾有血迹。据悉，奥戴克先生事发当晚在卧室接待了一位来自伦敦的年轻律师，而手杖正是此人的。此人名叫约翰·麦克法兰，是伦敦中东区格仙姆大厦四二六号格雷姆·麦克法兰律师事务所的合伙人。警方称，据可靠证据，此案有明显作案动机，最终将毫无疑问地取得惊人的进展。

另，本报道即将付印之时，据传约翰·麦克法兰已被警方以谋杀奥戴克的罪名逮捕。至少可以确定逮捕令已经签发。随着在诺伍德的调查的深入，事件险恶的一面也逐渐显露。除了不幸的建筑商卧室里的搏斗痕迹，其卧室（位于一层）的法式落地窗已被打开，并且有较大体积的东西被拖过窗子，并一直拖到木料堆的痕迹。最终，警方断言木料堆燃烧后的灰烬中有尸体被烧焦后的残骸。警方认为这是一起令人发指的惊人凶杀案，被害人在自己的卧室中被人用手杖打死，文件被抢，尸体被拖到木材堆，以便与木材一并焚毁，进而消灭犯罪痕迹。本案由经验丰富的勒斯特雷德探长负责调查，他正以一如既往的精力与睿智跟踪线索。

福尔摩斯闭着眼睛，合拢着手，听着这骇人听闻的报道。

“这案子确实有几点令人感兴趣的地方，”他还是那样冷漠地说道，“首先，麦克法兰先生，可不可以问一下，既然看上去有足够的证据逮捕你，你现在怎么仍然自由？”

“我跟父母住在黑石南的多灵顿公寓，但因昨晚跟奥戴克先

生的业务要进行到很晚，所以我在诺伍德一家旅店住下，然后从那里去办事。直到我上了火车，看到刚刚读给你听的报道，我才知道这件事。我立刻意识到自己处境极其危险，因此匆忙赶来请你介入。如果回城里的办公室或者回家，他们会立即逮捕我，对此我毫不怀疑——上帝啊！那是什么？”

那是一阵门铃声，紧接着就是重重的上楼梯的脚步声。不一会儿，我们的老朋友勒斯特雷德探长出现在了门口，身后还有一两个穿制服的警察。

“约翰·麦克法兰先生？”勒斯特雷德说。

我们不幸的主顾站起来，面色惨白。

“我以蓄意谋杀诺伍德的奥戴克先生的罪名逮捕你。”

麦克法兰转向我们，做了一个万念俱灰的手势，然后又像被压垮了似的瘫倒在椅子里。

“等会儿，勒斯特雷德，”福尔摩斯说，“半个小时对你来说没有什么区别吧，但这位先生正要对我们讲这桩有趣的案件，或许我们能借以弄清真相。”

“我认为要弄清真相一点都不难，”勒斯特雷德冷漠地说。

“不过，你允许的话，我还是很有兴趣听完他的陈述。”

“既然如此，福尔摩斯先生，我很难拒绝你的任何要求，毕竟你过去帮过警方一两次，我们在苏格兰场也欠你人情，”勒斯特雷德说，“同时我必须看住罪犯，并且必须警告他，他所说的一切都有可能成为对他不利的呈堂证供。”

“我别无他求，”我们的主顾说，“我只求你们听到并认清绝对的事实。”

勒斯特雷德看看手表。“给你半小时，”他说。

“我必须先解释，”麦克法兰说，“我对奥戴克一无所知。我熟悉他的名字，因为很多年前我父母跟他有交往，但后来疏远了。所以，昨天下午三点左右，当他走进我办公室时，我很吃惊。但让我更吃惊的是他告诉我的他的造访意图。他手里拿着从记录本上撕下的几页纸，上面写着潦草的字——就是这些——他把这几页纸放在我桌上。

“‘这是我的遗嘱，’他说，‘我想要你，麦克法兰先生，把他们改写成恰当的法律形式。我就坐在这里，你就做你的吧。’”

“我开始抄写。我简直难以相信，他竟然把所有财产都留给了我，你可以想象我当时有多吃惊。他是个怪人，长得像白鼬，睫毛都是白的。我抬头看他的时候，发现他正用犀利的灰眼睛盯着我看，满脸逗乐的神情。读着那遗嘱的条款，我简直不敢相信自己的理智；但他解释说他是个单身汉，几乎没有活在世上的亲人，还说跟我父母自幼年相识，并且一直听说我是个值得帮助的有为青年，如果把他的钱给我，他会很放心。当然，我只能结结巴巴地说些感谢话。遗嘱写完后，在我职员的见证下签署了。这张蓝纸上的就是遗嘱，而这几页是我解释过的奥戴克先生的遗嘱草稿。然后奥戴克先生告诉我说还有许多重要文件——房屋租约、房契、抵押单据、临时凭证等等——需要我看一下，并搞清楚。他说除非一切都办妥当，否则他会很不放心，他求我当晚到他家中，带着遗嘱，把事情都安排好。‘记住，孩子，在这事全部处

理好之前，一个字都不要跟你父母提。我们给他们一个惊喜。’他坚持要那样，并让我信守承诺。”

“你可以想象，福尔摩斯先生，我无法拒绝他的任何请求。他是我的捐助人，我所希望的也就是如实地执行他的愿望。因此我往家里发了电报，说手上有要事，不确定要忙到多晚。奥戴克先生希望我九点跟他一起晚餐，因为他九点之前恐怕到不了家。不过，要找到他家很费劲，我九点半才到。我发现他——”

“等会儿！”福尔摩斯说，“谁开的门？”

“一个中年妇女，我猜是管家。”

“我猜是她叫出了你的名字？”

“正是。”麦克法兰说。

“请继续。”

麦克法兰抹了把潮湿的额头，继续讲述：

“那妇人把我带到客厅，那里摆着简单的晚餐。后来奥戴克先生把我带到他卧室，里面有个很敦实的保险柜。他打开保险柜，拿出一堆文件，然后我们一起看了起来。大概十一点到十二点之间，我们看完了。他说我们千万别惊动女管家，然后把我从一直开着的法式落地窗送出来。”

“窗帘是拉下来的吗？”福尔摩斯问。

“不确定，但我相信一半是拉着的。对，我记得他把窗帘拉起来。我找不到手杖，他说，‘没事，孩子，希望从现在开始我会经常见到你，我会把你的手杖收好，等你来拿。’我在那里跟他道别，保险柜开着，文件摞在桌子上。因为太晚，没法回黑石南，所以我就在安纳利·安慕思旅馆住了一宿。直到今天早上读到这篇可怕的报道，我才知道这件事。”

“还有什么想问的吗，福尔摩斯先生？”勒斯特雷德说。听着这不可思议的解释时，他不止一次抬眉，表示不相信。

“在我去黑石南之前没有要问的了。”

“你是说没有去诺伍德之前吧，”勒斯特雷德说。

“啊，对，那肯定就是我本想表达的，”福尔摩斯带着诡秘的微笑说。勒斯特雷德已经不止一次见识过，他自己无法破解的难题，福尔摩斯那刀子般锋利的大脑却能迎刃而解，只是他不愿意承认而已。我看到他好奇地望着我的伙伴。

“我想现在跟你说句话，福尔摩斯先生，”他说，“现在，麦克法兰先生，门口有我的两名警员，还有一辆四轮马车在等着。”可怜的年轻人站起来，用恳求的眼神匆匆看了我们最后一眼，然后走了出去。警员把他带到马车上，勒斯特雷德却没走。

福尔摩斯拿起那几张遗嘱的草稿，当着勒斯特雷德的面，格外感兴趣地看了起来。

“这文件有疑点，不是吗？”福尔摩斯说着就递给了勒斯特雷德。

那位探长满脸困惑地看着。

“开始几行、第二页的中间几行，还有末尾一两行，就像打印的一样清楚，我都能认出来，”他说，“但中间写得太潦草，有三处根本无法辨认。”

“从中你能得出什么结论？”福尔摩斯说。

“呃，那你又能得出什么结论？”

“结论是遗嘱是在火车上写的。字迹清晰部分代表火车靠站，潦草部分代表火车行进，最草的部分代表火车经过道岔。有科学头脑的专家一下就能判断出这是在郊区火车上写的，因为只有在大城市的近郊才有如此密集的道岔。假定写遗嘱占用了整个旅途，那么这是一班快车，在诺伍德与伦敦桥之间只停过一次。”

勒斯特雷德笑了起来。

“你一用你那套理论，我就跟不上了，福尔摩斯先生。”他说，“这跟本案有什么关系？”

“这能证实这位年轻人所讲故事中的遗嘱是奥戴克先生在昨天旅途中写的。这很奇怪，不是吗？这么重要的文件，竟然会有人写得这么随便，除非他不认为这文件会有什么实际用处。如果一个人立一个不打算让它起作用的遗嘱，那么他就可能这么做。”

“呃，他也是在写自己的死亡凭证。”勒斯特雷德说。

“哦，你这样认为？”

“你不这样认为？”

“呃，倒很有可能，不过这案子在我看来案情不明。”

“案情不明？呵，如果还不够明确，那什么还能算得上明确？一个年轻人，突然得知如果某人死了他就可以继承一笔财产，他会做什么？他对任何人都没说，但经他安排，他找到了案发当晚拜访其委托人的托辞。等整栋房子里唯一的另外一个人入睡之后，他在被害人僻静的房间里谋杀了他，把尸体在木材堆中焚毁后离开现场，住到了附近的一个旅馆。房间及手杖上的血迹很淡。很可能他预期自己的罪行不会流血，而且希望以销毁尸体的方式掩盖他杀人的痕迹——总会指向他的痕迹。这一切不是很明显吗？”

“这事太过明显了，聪明的勒斯特雷德，明显得让我吃惊，”福尔摩斯说。“尽管有种种了不起的优点，你还是缺点儿想象力。如果稍稍把自己放在这位年轻人的位置，你会选择在立下遗嘱的当晚作案吗？两件事挨这么近，在你看来不危险吗？另外，佣人带你进来，知道你在这栋房子里，你会选择这样的时机吗？最后，你费尽周折销毁尸体，却留下自己的手杖作为罪证，可能吗？承认吧，勒斯特雷德，所有这些都极为不可能。”

“就手杖而言，福尔摩斯先生，罪犯通常会异常慌张，然后就犯这种冷静的人不会犯的错误。他很可能不敢再回房间。你给出一个符合这些事实的推理。”

“我能轻松给出半打推理。”福尔摩斯说，“比如这个，就极有可能，我免费送你。老人在展示很有价值的文件，因为窗帘拉下来一半，碰巧经过的流浪汉看到了。走了律师，来了流浪汉！他看到了手杖，顺手抄起来，杀了奥戴克，烧毁尸体后离开了。”

“流浪汉为什么要烧毁尸体？”

“同样是这个问题，麦克法兰为什么要烧毁尸体？”

“掩盖罪证。”

“可能这流浪汉要掩藏得像是根本没有谋杀案发生过。”

“为什么流浪汉什么都没拿？”

“因为都是些他无法买卖的文件。”

虽然我能看出勒斯特雷德已不像之前那么确定，但他还是摇

了摇头。

“好吧，福尔摩斯先生，你可以找你的流浪汉，但与此同时，我们还是要抓着我们的罪犯。谁对谁错将来自有分晓。不过，福尔摩斯先生，请注意这一点：根据我们掌握的情况，文件一份都没有动过，而我们的犯人是这个世界上唯一没有理由要动这些文件的人，因为他是法定继承人，不管怎样都会拥有这一切。”

我的朋友似乎被这句话提醒了。

“我不想否认这些证据在某种意义上确实对你的推断很有利，”他说，“我只想指出还有其他可能。就像你说的，将来自有分晓。祝你好运！我今天一定会去诺伍德，也看看你进展如何。”

探长离开后，我的朋友起身准备全天的工作，像是有十分惬意的事情要做，精神抖擞。

“我的第一个行动，华生，”他一边匆忙穿大衣，一边说道，“必须是像我说的那样，去黑石南。”

“为什么不是诺伍德？”

“因为这桩案子中一件奇怪事紧跟着另外一件奇怪事。警察错误地把注意力放在第二件事上，因为它碰巧是实质性的犯罪。但在我看来，最符合逻辑的破解此案的起点线索显然是第一件事——令人生疑的遗嘱，立得那么突然，并且是给一个出人意料的继承人。这对简化接下来发生的第二件事或许有帮助。不，亲爱的伙伴，我觉得你帮不上忙，并且也看不出有什么危险，否则做梦也不会不带你就出动。我相信，到晚上见到你时，我就能告诉你我已经有办法帮助这个把安危托付给我们的不幸的年轻人了。”

我的朋友回来得很晚，一眼就能看到他脸上的疲惫与焦虑，可见早上出去时的满怀希望落空了。他没精打采地拉了一个小时的小提琴，竭力抚慰胸中的烦闷。终于，他放下乐器，开始详细讲述他的不顺。

“全乱了，华生——要多乱有多乱。我在勒斯特雷德面前傲慢地放了狠话，但在心里，我相信这家伙总算要对一次了。我全部的直觉是往东，但全部的事实是往西，并且我担心英国陪审团的智商还不足以偏爱我的推理而否定勒斯特雷德的事实。”

“你去了黑石南？”

“是的，华生，我去了，而且我很快发现那个被人哀悼的奥戴克是个十足的流氓。年轻人的父亲不在，找儿子去了。他母亲在家——娇小、蓝眼睛的女人，还有点傻气，又气又恨得浑身发抖。当然，她否认儿子犯罪的任何可能，但她对奥戴克的不幸既没吃惊也没表示惋惜。相反，说起奥戴克，她很是恶毒，这无意中有力地证实了警方对此案的理解，因为如果儿子曾听到过这样的话，那他当然会心怀憎恨进而具备暴力倾向。‘他是个狡诈恶毒的禽兽，不是人，’她说，‘一直都是，自打年轻时候就是。’”

“‘你那时就了解他了？’我说。”

“‘对，事实上我非常了解他，他一直追求我。感谢上帝让我能明智地离开他，并且嫁给了一个更好的——如果不是更富的。我都跟他订婚了，福尔摩斯先生，可是当我听说他是怎么把一只凶残的猫放到鸡圈里的时候，我很震惊也很恐惧，我不想跟如此

残忍的人有任何关系。’她翻箱倒柜地找出一张女人的照片，照片的面部已被刀子切得稀巴烂。‘这是我的照片，’她说，‘他寄给我的时候就这样，带着他的诅咒，在我婚礼当天的早上寄来。’”

“‘可是，’我说，‘至少他现在原谅你了，因为他把所有财产留给了你儿子。’”

“‘不论我还是我儿子，都不会要奥戴克的任何东西，管它天杀的什么东西！’她发疯地喊道，‘天上有上帝，福尔摩斯先生，上帝惩罚了那个邪恶的人，同样也会在上帝选中的最佳时机证明我儿无辜的手没有沾染他的血。’”

“唉，我试了一两条线索，可是对我们的猜想都毫无用处，甚至还有几点恰恰反证我们的猜想。最后我放弃了，出发去了诺伍德。”

“溪谷园那地方是个很现代的独栋大别墅，墙砖亮得刺眼，别墅前面是密植月桂树的草坪。路的右后边是木料场，也就是火灾现场。这是我在记录本上画的草图。左边这个窗子就是开着通向奥戴克房间的那个。你看，从路上就可以看到窗里面。这是我今天得到的唯一一点安慰。勒斯特雷德不在现场，但他的头儿很客气。他们刚刚得到重要物证，像得了宝贝一样。他们花了一个上午的时间，从木材灰烬里搜到了几颗圆形金属，就在有机体燃烧遗留物旁边。我仔细检查了，是裤子纽扣，这点毫无疑问。我甚至辨认出其中一颗纽扣上印有‘希亚姆’——奥戴克的裁缝。然后我仔细搜查草坪，看看有没有什么蛛丝马迹，但干旱让什么都硬得跟铁疙瘩似的，除了有人或者什么东西被拖过与木材堆平行的矮灌木丛这一痕迹，什么都发现不了。所有这一切，当然与警方的推理相吻合。我晒着火毒的太阳，在草地上爬行搜查，但一个小时之后并没能比之前多知道点什么。”

“唉，无奈之下，我又去了卧室检查。血迹很淡，只是颜色稍有变化的污渍，但肯定是新的。手杖被拿走了，上面也有淡淡的血迹。毫无疑问，手杖是咱们客人的，他自己也承认。在地毯上可以获取他们俩的脚印，但绝没有第三个人的，这又有利于警方的推断。他们在步步推进，我们却止步不前。”

“我只看到一丝希望——结果又等于零。我检查了保险柜，里面大多数东西都已拿出来放在桌上。文件放在封了口的信封里，警察打开了一个信封。根据我的判断，这些文件没有多大价值，甚至连奥戴克的支票簿都不能表明他十分富有。但在我看来，并不是所有文件都在这里。这其中肯定有障眼法——掩盖了更有价值的契约——只是我找不到。如果我们能确切证明的话，这一点当然能反驳勒斯特雷德的观点，因为有谁会去偷自己明知马上就要继承的东西呢？”

“最后，搜遍所有角落、用尽所有招数之后，我就去找管家莱克星顿太太碰运气了。她是一个又矮又黑又沉默的女人，斜着眼睛，一副疑神疑鬼的神态。要是愿意，她肯定能透露点什么——对此我坚信不疑。但她守口如瓶。没错，正是她九点半钟带麦克法兰进的别墅。她说她真希望自己的手在给麦克法兰开门之前就烂掉了。她十点半钟上床睡觉，卧室在别墅的另一端，因此无法

听到。麦克法兰先生把帽子和手杖都落在了走廊里，这些她都记得。是火警声把她吵醒的。她可怜的、亲爱的主人肯定是被谋杀了。他有仇人吗？不错，每个人都有仇人，但奥戴克先生很少与人往来，只是因公会客。见到纽扣后，她确定那是奥戴克昨晚所穿的裤子上的。一个月没下雨了，木材干得像火绒一样易燃，她到达现场的时候，除了肆虐的火苗，什么都看不到了。她和所有消防员都闻到了里面有肉在燃烧的味道。对那些文件，她一无所知，对奥戴克先生的私事也是如此。”

“所以，亲爱的华生，这就是我的失败报告。可是——可是——”他痉挛似的紧握干瘦的手——“我明明知道很不对劲，我骨子里能感觉到。有些事情还隐藏着，那管家知道。她眼睛里有种愠怒式的轻蔑，只有了解犯罪内情才会有的那种眼神。不过，再多说也没用了，华生；可是，除非好运又偏向我们这一边，恐怕诺伍德失踪案是不会写入我们成功破案的记录中了，耐心的公众迟早会遭遇这个遗憾。”

“当然会成功，”我说，“这年轻人的相貌和风度应该能赢得陪审团的好感吧？”

“这种观点很危险，亲爱的华生。你还记得一八八七年那个可怕的杀人犯贝尔特·斯蒂芬吧？他想要我们帮他开脱罪名。还有谁能比他更像主日学校里彬彬有礼的学生？”

“有道理。”

“除非我们能成功地确立另外一种推论，否则这个年轻人就保不住了。在这桩案子里，几乎所有证据都丝毫不差地指向他的罪行，并且所有更深入的调查都更加证实了这一点。顺便一提，那些文件倒是有点可疑，我们可以从这里展开调查。检查银行账簿后，我发现账户余额很少，主要是去年有几笔大额支票开给一个叫康奈利的先生。我承认我有兴趣弄清楚这个康奈利先生是个什么人，竟然会跟歇业了的建筑商有那么多的大额交易。是否有可能他也参与了这一事件？或许他是个中间人，但我们找不到与这些大额支付有关的契约凭证。其他线索都断了，我现在只好往银行这个方向查，看看这个把支票兑现的先生是谁。但是，亲爱的朋友，我很担心勒斯特雷德会绞死我们的客人，这对苏格兰场警局来说当然是胜利，但我们只能灰溜溜地收场了。”

我不知道福尔摩斯睡了多长时间，但下楼吃早饭时我见他面色苍白，一脸的疲倦和烦闷。在黑眼圈的衬托下，他那明亮的眼睛显得更加炯炯有神了。椅子周围的地毯上满是烟头，还有早版晨报。桌子上扔着一封电报。

“你怎么看，华生？”他把电报扔过来说。

电报从诺伍德发来，电文如下：

新获重要证据。麦克法兰罪名确立。建议放弃此案。

勒斯特雷德

“听起来很事态严重，”我说。

“无非是勒斯特雷德在炫耀胜利，”福尔摩斯苦笑一声回答道。“不过，放弃此案恐怕为时过早，毕竟新的重要证据是双刃剑，有可能与勒斯特雷德的想象背道而驰。吃早餐，华生，然后我们一块出去看看能做点什么。我觉得我今天需要你陪伴我，给我鼓

鼓劲。”

我的伙伴自己没吃早餐。他有在紧张办案的时刻不进食的怪癖，那时靠的是钢铁般的意志和力量，直到因营养不足虚弱得晕倒才算结束，我早知道这些。“眼下我不能匀出精力来消化食物，”对我从医学角度提出的抗议他总是这样回答。所以，今天早上，当他把早餐一点未动地留在身后，与我匆忙前往诺伍德的时候，我一点也没感到意外。一帮病态的看热闹的人还聚拢在溪谷园别墅周围——无非是一个乡间别墅，就像我之前描绘的那样。进门后，勒斯特雷德迎接了我们，他的脸上洋溢着胜利的兴奋，举手投足洋洋得意。

“哈，福尔摩斯先生，你还没证明我们错了啊？找到你的流浪汉了吗？”他大声喊道。

“我还没有得出任何结论，”我的同伴回答道。

“但昨天我们得出了结论，并且现在得到了证实，所以你得承认这次我们捷足先登了，福尔摩斯先生。”

“看你的神情，确实是发生了不同寻常的事情。”福尔摩斯说。

勒斯特雷德大笑。

“你不愿被击败，我们其他人也是如此，”他说，“谁都不能事事如愿，对吧，华生？愿意的话，请这边走，先生们，我想我可以一劳永逸地让你们相信是麦克法兰犯下的这桩罪行。”

他带我们穿过走廊，进入一个黑暗的门厅。

“这里是麦克法兰犯罪后出来取帽子的地方，”他说，“看看这个。”他以很夸张的动作突然划了一根火柴，刷了白色涂料的墙壁上的一块血渍立刻照了出来。当他把火柴挪近的时候，我发现那不止是一块血渍，而是清清楚楚印在那里的大拇指手印。

“用你的放大镜看看，福尔摩斯先生。”

“是，正在这么做。”

“你知道没有两个相同的拇指手印吧？”

“我好像听说过类似说法。”

“噢，那么，你把那个手印跟麦克法兰的右拇指印蜡模对比一下吧。这个蜡模是按我的命令今天上午刚获取的。”

他把蜡模凑近血渍，根本不用放大镜就可以看到它们无疑来自同一个大拇指。在我看来，我们的年轻主顾显然没救了。

“结案了，”勒斯特雷德说。

“对，结案了，”福尔摩斯说。

我听他的口气有点异常，转身朝后一看，他内心的喜悦早已写在因兴奋而扭曲了的脸上，他的两只眼睛也像星星一样闪闪发亮。在我看来，他正拼命控制着笑。

“天啊！天啊！”他终于说，“唉，谁能想得到呢？表面现象真是靠不住，千真万确！看上去如此美好的一个年轻人！对我们而言，这是一个教训，让我们不要太相信自己的判断，不是吗，勒斯特雷德？”

“没错，我们当中有人也太独断了一点，福尔摩斯先生，”勒斯特雷德说，他的傲慢无礼实在让人恼火，但我们没脾气。”

“这年轻人取帽子的时候竟然会把右拇指按在墙上，天意啊！你想想，这也是很自然的事情。”福尔摩斯外表平静，但说话时全身都因抑制内心的兴奋而扭动了一下。

“顺便问一下，勒斯特雷德，谁做出的这一重大发现？”

“管家莱克星顿太太，是她带夜班警察注意到的。”

“那位夜班警察呢？”

“他在卧室，也就是犯罪现场，确保所有物品保持原状。”

“但是为什么这警察昨天没有看到这手印？”

“呃，我们没有特别的原因要仔细检查门厅。另外，你也知道，这又不是什么显眼的位置。”

“对，对——当然不显眼。我猜这手印昨天就在那里，没疑问吧？”

勒斯特雷德盯着福尔摩斯，就像福尔摩斯在说胡话。我承认，我自己也很吃惊，不仅因为他嬉闹的态度，也因为他不着边际的评论。

“我不知道你是否觉得麦克法兰会半夜从监狱跑出来，按个手印，进一步证实自己的罪行，”勒斯特雷德说，“可以让全世界的专家来评判这是不是他的拇指印。”

“毫无疑问是他的。”

“对，那就够了，”勒斯特雷德说，“我是很务实的人，福尔摩斯先生，拿到证据我就会下结论。如果你还有话要说，我就在客厅里写结案报告，到那里找我吧。”

虽然福尔摩斯还是有点调侃，但他已经恢复了镇定。

“天啊，这真是令人伤心的进展。不是吗，华生？”他说，“不过，存在很奇怪的几点，对我们的客人而言算是希望。”

“很高兴听你这样说。”我很真诚地说，“之前我一直担心他完了呢。”

“我可不会那么说，亲爱的华生。事实是，这个被我们的朋友格外看重的证据存在严重漏洞。”

“真的啊，福尔摩斯！什么漏洞？”

“只有一点：我确信我昨天检查门厅的时候那里没有这个手印。现在，华生，咱们到太阳底下四处转转吧。”

我满脑子的困惑，但心里由于又注入了希望而变得热乎乎的。就这样，我陪我的伙伴在花园里四处走动。福尔摩斯格外细致地察看了房子的每一面墙，然后又回到房子里，从地下室到阁楼看了个遍。多数房间都没有家具，可福尔摩斯还是检查得格外仔细。终于，在顶楼三间空置的卧室公用的走廊里，他又是一阵狂喜。

“这案子真是独具特色，华生。”他说，“我想该是让我们的朋友勒斯特雷德相信我们的时候了。他把咱们嘲弄一番，现在，如果我对这些问题的理解是正确的，我们就可以跟他礼尚往来一番了。对，对，我想我知道我们该如何做了。”

苏格兰场警局的探长还在客厅写报告，福尔摩斯径直打断了他。

“我想你在写本案的结案报告。”他说。

“正是。”

“你不觉得为时尚早吗？我忍不住认为你证据不足。”

勒斯特雷德太了解我的朋友了，这句话他无法置若罔闻，于是放下手中的笔，好奇地望着福尔摩斯。

“你什么意思，福尔摩斯先生？”

“就是有位重要的目击证人你还没见。”

“你能把他带来吗？”

“我想可以。”

“那就把他带出来。”

“一定尽力。你有几名警员？”

“喊一声就能过来的有三个。”

“太棒了！”福尔摩斯说，“请问他们都是身强体壮，声音洪亮的人吗？”

“当然，毫无疑问，不过，我搞不懂这跟他们的声音有什么关系。”

“或许我能帮你搞懂，还能搞懂其他一两件事，”福尔摩斯说，“请叫你的人，我试试。”

五分钟之后，三名警察已经在门厅里集合完毕了。

“在外屋有一大堆麦秆，”福尔摩斯说，“我请你们抬两捆进来。我想这样最有助于我们请出我想要的证人，非常感谢你们。我想你口袋里有火柴吧，华生。现在，勒斯特雷德先生，我请你们所有人陪我到顶楼。”

如前所述，顶楼有三间闲置的卧室，外面是宽阔的走廊。我们列队站在福尔摩斯身旁，那些警员都咧着嘴怪笑。勒斯特雷德瞪着我的朋友，惊讶、期待、嘲笑的神情在他脸上走马灯似的一个接一个。福尔摩斯站在我们前面，那神情就像是魔术师要上演好把戏似的。

“能派个你的人去取两桶水来吗？把稻草放在这儿，别碰到两边的墙。好了，我想我们准备好了。”

勒斯特雷德的脸红了起来，很生气。

“我不知道你是不是在逗我们玩，福尔摩斯先生。”他说，“如果你知道点什么，就直说好了，用不着这样无聊地瞎闹腾。”

“我保证，英明的勒斯特雷德先生，我所做的一切都有充分的理由。你可能还记得，几个小时前，连太阳似乎都照在你那边的时候，你对我可是小有嘲笑，所以，别那么小气，现在也轮到我露一手显摆一下了。华生，能请你打开窗子，划根火柴点着麦秆吗？”

我照做了。由于干旱，一团青烟顿时灌满了整个走廊，干麦秆噼里啪啦地熊熊燃烧起来。

“现在让我们看看能否为你找到人证，勒斯特雷德。能让你的人跟我一块喊‘着火了！’吗？好吧，一，二，三——”

“着火了！”我们大声喊道。

“谢谢，麻烦再喊一次。”

“着火了！”

“最后一次，先生们，大家一块。”

“着火了！”这一声喊得整个诺伍德都该能听到了。

话音未落，令人大吃一惊的事情就发生了。在走廊的另一端，在原本看上去像是牢固的墙壁的地方突然打开一扇门，从里面蹿出一个枯瘦的小老头，就像兔子噌地蹿出洞一样。

“妙极了！”福尔摩斯平静地说，“华生，拿桶水浇在麦秆上吧。

这就行了。勒斯特雷德，请允许我向你介绍下落不明的重要证人奥戴克先生。”

探长盯着刚冒出来的那位，惊待了。那位先生被走廊的亮光晃得直眨眼，眯着眼睛看看我们，看看熄灭了的火。那张脸真丑——狡诈、邪恶、狠毒，扑朔不定的眼睛，煞白的睫毛。

“这是什么情况啊？”勒斯特雷德终于说道，“你都在干什么，啊？”

奥戴克很惶恐地笑了一声，向后倾斜着身子避开探长因恼怒而涨红的脸。

“我没做伤人的事。”

“没伤人？你千方百计要把一个无辜的年轻人送上绞刑架。如果不是因为这位先生，没准你真的成功了。”

那肮脏可鄙的家伙开始哀求了。

“我保证，警官，这只是我的恶作剧玩笑。”

“噢！玩笑，是吧？你不会觉得好玩，我保证。带他下去，让他待在客厅，直到我来。福尔摩斯先生，”他们走了之后他继续说，“在警员面前不能说，但我不介意当着华生说，这是你迄今为止干得最漂亮的一次，虽然你怎么做到的对我来说还是个谜。你拯救了一个无辜青年的性命，并且粉碎了会严重损害我在警队声望的险恶阴谋。”

福尔摩斯笑着拍了拍勒斯特雷德的肩膀。

“不但没被损害，尊敬的先生，你还会发现你的声望大大提高了。只管把你的结案报告修改一下，然后他们就会明白，要想蒙蔽勒斯特雷德探长的眼睛比登天还难。”

“你不要你的名字出现？”

“绝对不要。工作本身就是嘉奖。或许将来某一天，当我热心的历史学家打开他的记录本时，我便得到了我的荣耀——呃，华生？好吧，让我看看这只耗子一直潜藏在哪里吧。”

一面木板和灰泥构成的隔断把走廊一端封闭出了一个六英尺的空间，然后在这个隔断里巧妙地埋藏了一扇门。里面靠屋檐缝隙采光，有几件简单的家具，储备了水和食物，还有几本书和文件。

“这就是当建筑商的优势，”我们走出来的时候福尔摩斯说，“他自己就能搞定一个小小的藏身之处，不需要任何人帮助——当然，除了他的大有用处的管家。我应该立即让她成为你的猎物，勒斯特雷德。”

“我接受你的建议。但是，你是怎么知道这个地方的，福尔摩斯先生？”

“我断定这家伙肯定藏在这座房子里。当我步量这个走廊的时候，我发现它比楼下对应的走廊要短六英尺，他藏在哪里就很清楚了。我想他还不至于听到失火了还能安心躺在里面。我们当然可以进去抓他，但我觉得让他自己现形应该更有意思。另外，早上你嘲笑我一番，我也欠你一顿戏弄嘛，勒斯特雷德。”

“好吧，先生，这事咱们扯平了。可是，你到底是怎么知道他就在这座房子里的呢？”

“拇指印，勒斯特雷德。你说结案了；确实是结案了，但跟你的意思相反。我知道前天还没有那拇指印。我对所有细节都格

外注意，这一点你是看到了的，我检查了门厅，并且确定墙壁是干净的。因此，拇指印是晚上才弄上去的。”

“但怎么弄的呢？”

“很简单。封上信封之后，奥戴克让麦克法兰在封蜡上按了拇指手印。这个过程很快，也很自然，我敢说这个年轻人自己都记不起来了。很可能就是这样发生的，而且奥戴克本人也不知道这个封蜡上的手印能有什么用。他躲在他的窝里，琢磨着这个案子，忽然想到他可以用那个封蜡手印制造一个置麦克法兰于死地的证据。从信封口上再获取一个封蜡指印简直易如反掌，然后他用针扎破手，能弄到多少血就往蜡印上涂多少血，把蜡印弄湿后，他要么亲手，要么借管家的手，趁着深夜把血印按在墙上。如果你去检查一下他带进避难窝里的文件，我敢打赌你能找到带拇指印的封蜡。”

“太精彩了！”勒斯特雷德说，“太精彩了！一切都像你说的那样清楚明白了。可是，这个深藏不露的阴谋的目的是什么呢？”

这位探长由盛气凌人的架势突然变得像小学生请教老师一样谦卑，这在我看来实在太有意思了。

“呃，我觉得一点都不难解释。在楼下等我们的这位先生是个老谋深算、丧心病狂、睚眦必报的家伙。你知道他曾经被麦克法兰的母亲拒绝过吗？你不知道！我跟你说过应该先去黑石南，再去诺伍德。唉，这次伤害，在他看来，刺痛了他阴险狠毒的心，所以他一辈子都盼望着报仇雪恨，只是一直没等到时机。过去的一两年他很不顺——我觉得是暗地里的投机买卖——然后发现自己情况不妙。他决定坑害自己的债权人，为此他不断支付大额支票给康奈利先生——我猜就是他本人，用了另外一个名字而已。我还没来得及追查这些支票，不过我肯定这些支票都以那个假名存在了某个乡下银行里，而他时常过着双重身份的生活。他原打算彻底改掉名字，取出现金，然后消失在某个地方，开始新的生活。”

“呃，很有可能。”

“既然要消失，他就想到了要把一切追踪他的线索都毁掉，同时，如果能制造老心上人的独生子谋杀了自己的假象，还能以最沉痛的打击报复老心上人。这可真是阴谋诡计中的极品了，他把阴谋一步步施展得游刃有余。隐藏了明显犯罪动机的遗嘱，连父母都不知道的秘密访问，被扣留的手杖，血迹，木材灰烬里的动物遗骸以及钮扣，所有这些都令人叹为观止。几个小时前，我还觉得这简直就是无处可逃的天罗地网。可惜，他还不具备艺术家的至高天赋——懂得何时收手。已经完美了，可他还想提高——把套在猎物脖子上的绳子拉得更紧一点——结果全毁了。咱们下楼吧，勒斯特雷德。我还有一两个问题想问他。”

在侦探工作中，最重要的莫过于能从繁琐的事实中分清主次。否则，你的精神不但不能集中，反而会被搅得分散。

那个邪恶的家伙坐在自己的客厅里，一边站着一个警察。

“这是个玩笑，警官——恶作剧玩笑，没其他意思，”他不断地哀告，“我向你保证，警官，我把自己藏起来，只是想看看

我的消失会有什么后果，我相信你不至于认为我会让可怜的年轻人麦克法兰先生遭受任何伤害吧？那不公平。”

“那要让陪审团决定，”勒斯特雷德说，“无论如何，即使不是企图谋杀，我们也将会以阴谋陷害的罪名逮捕你。”

“并且你很可能会发现，你的债权人会没收康奈利先生的账户，”福尔摩斯说。

那个小男人一惊，转身用邪恶的眼睛盯着我的朋友。

“我得好好感谢你，”他说，“或许有一天我能还清债务。”

福尔摩斯放声大笑。

“想到未来几年你都会格外忙碌，我就觉得非常有意思，”他说，“对了，你在木材堆里，你的破裤子旁边，放的什么动物啊？死狗，还是兔子，还是什么？你不说吗？天哪！你真够丧心病狂的！好吧，好吧，对那些血和烧焦了的残骸来说，两只兔子足够了。要是你写记录的话，华生，就用兔子说事吧。”

跳舞的人

福尔摩斯很长时间都一直坐在他的位子上沉思。摆在他面前的是一只长长的化学试管，里面正沸腾着一种非常臭的化合物。他尽量把头凑近那只化学试管，只是为了更清楚明了地观察化学试管里化合物的化学变化。

他出乎意料地冒出一句："华生，你不想到南非投资是吧？"

他这句话问得我惊异不已。他揣摩别人的能力着实让我很佩服，但此时此刻他随便一句话就点破了我的心思，这就更令我不得不重新看待他的能力。于是我问他："从哪里看得出来呢？"

他不再背对着我，而是手持那只化学试管和我面对面地坐着。他的眉头微展，一丝微笑挂在脸上。

"哈，华生，你感到有点惊异吧！"

"你说得很正确。"

"我想你不妨记下我刚才对你说的话，然后在纸上复写一遍。"

"这是为什么？"

"很简单，过了几分钟后，你就会觉得这件事情一点都不复杂。"

"我不这样认为。"

"但是你必须承认，我的朋友。"他重新把化学试管放回架

子上，作了一番独特的见解，他说，“推理一件事情，只要选好突破口，要做到思维清晰，中间不脱节，环环相扣，这并不难。紧接着你只要去掉中间的推理过程，你的听众就能够按照你的思维去思考，你的旁敲侧击，会让他们恍然大悟的。我一看到你左手的虎口，我就敢断定你不想把你那一笔钱投资在金矿方面。”

“我还是不明白，这里面有什么关系吗？”

“好像没有，但是我能够马上告诉你它们关系密切。这一系列的内部关系是：第一，昨天晚上你从俱乐部回来，我发现你左手虎口上粘有白粉；第二，你左手虎口上粘有白粉原因很简单，你在打台球的时候为了稳定球杆；第三，塞斯顿不在场，如果他在场，你是不会打台球的；第四，你四周前对我说过，塞斯顿掌握了南非基地金矿的采挖权，只有一个月的期限，他希望你能够和他联手开发；第五，你的支票本在我的抽屉里锁着，你一直没和我要过钥匙；第六，就是你不想和塞斯顿合作。”

“这的确是这样的。”我差点拍了一下福尔摩斯的肩膀。

“是这样的！”他脸色并不高兴，他说，“把原因一说了，什么都不是问题了。我这里有个不明白的问题，我要向你请教，我的朋友。”他把一张纸条丢在桌上，请我解答。

纸条上画着一些莫名其妙的符号，我在它的面前露出了难堪的脸色。

“这好像是张小孩画的图画。”

“你可以接受你的看法，我不这样认为。”

“你说是什么呢？”

“希尔顿·丘彼特先生也想搞清楚这个问题。他住在洛福克马场村庄园。今天早上他给我寄来了一封信，信里面谈到了这张画，画是夹在信里面的，他马上就要来了。”

楼梯道的脚步声很沉闷，没过多久，一个身材魁梧、长得精悍的大汉走了进来。他明亮的眼睛和红润的脸庞能够证明他不住在多雾的伦敦。当他跨进我们房门的时候，我们能够感觉到他身上那股清爽的气息。他和我们礼节性地握了握手，这时他看到放在桌上的那一张纸条，他的脸色立刻变得忧郁了起来。

“尊敬的福尔摩斯先生！这到底是怎么一回事？”他愤怒地说道，“这张鬼东西令我压抑不住心中愤慨的怒火。我是久仰你的大名才把这鬼东西寄给你，我希望你能够帮助我。”

“我理解你愤愤不平的心情，我的心情现在也很不平静。这些跳舞的奇形怪异的小人儿，像孩子们画的东西。你为什么这样重视这张画？”

“我才不会为这张鬼东西费去我宝贵的精力呢，但是我的妻子非常看重它，这张东西的出现让她寝食难安。她没有说她对这张鬼东西恐惧的原因，我很想搞清楚这张鬼东西到底是什么鬼玩意儿，害得我亲爱的妻子如此失魂落魄。”福尔摩斯又重新审视了这张奇怪的画。他在太阳光底下看到这张画是用铅笔画的，他很快在他的笔记本上记上一页。

福尔摩斯又十分细心地察看了那张奇怪的画，最后把它放进了他的贴身口袋里。

“我想它会变得更有趣更曲折，我是说事情的发展趋势。你

的信我已经细读了，我已经掌握了一些可靠的线索，我的朋友华生医生对这件事情也很感兴趣，你不妨跟他讲讲。”福尔摩斯对希尔顿·丘彼特说。

“好的，我很愿意做这件事情，多一个朋友知道，就多一份解决问题的力量。”丘彼特先生有点紧张地说道，“事情应该从去年结婚期间讲起，我想事先说明的是，我并不富有，我的家族居住在马场村大概有几百年的历史了，我家是当地的名门望族。去年，我到伦敦参加维多利亚女王在位六十周年的纪念大会。我旅居在罗素广场的一幢公寓里，在公寓里还住着一位年轻美丽的美国小姐，她叫爱尔茜·伯特里克，我们很快交上了朋友。我们俩真是一见钟情，我们热恋了起来，我想娶她做我的妻子。我们没有大张旗鼓操办我们的婚事，福尔摩斯先生，你肯定会为我这种鲁莽的结婚方式而感到不可思议吧。但是我不这样认为，我能为我自己娶到这样一位妻子而感到高兴。

“爱尔茜·伯特里克也非常爱我，她很愿意嫁给我。她的性格很直爽，我不能否认她曾经对我说过要我好好考虑考虑我们之间的婚姻大事，到时候可能会后悔。你们想我这么爱她，我怎么会后悔呢。她曾经直言不讳地告诉我：‘我和一些不三不四的人交过朋友，我现在只想好好地静一静，我不想再回到过去。假如你真想要我的话，你必须向我保证你再也不会在我的面前提起我的往事，你如果觉得我提出的条件很苛刻，就让我仍然过一个人的日子吧！’她在我们结婚的前一天还这样对我说，我告诉她，我再也不会让她受到任何伤害，我也答应了她的要求。”

“我们结婚至今已经有一年了，我们俩生活得非常和睦，非常快乐。真是天有不测风云，我们的生活有了波澜。大概是在一个月前，有一天，我的妻子突然收到一封从美国寄来的信，我看见信封上贴着的是美国邮票。她一看到那枚美国邮票脸色就惨白了，她把信一看完就烧掉了。她没有再提到这件事，我也没有问她。我必须遵守我的诺言，从那天起，她的神情就大变了起来，似乎看到了什么恐怖的东西，好像预感到什么东西会出现似的。她是一个善良的女人，虽然在以前可能有一段不幸的生活，但我敢肯定那绝对不是她的错。她嫁给我，也绝对没有损坏我的家族声誉。

“让我们好好来谈谈这张鬼东西出现在我家的情况吧。大概在一个礼拜之前，也就是上个星期二吧，我意外地发现了一个窗台上画了一些十分有趣的跳舞小人儿，和这张纸上的东西一模一样，是用粉笔画的。我还以为是我家那个小马夫画的呢，但他指天发誓他并不知道这件事情。我把那些画在窗台上的鬼东西全部擦去了，后来我告诉了妻子。她非常重视这件事情，她吩咐我，如果还有这种东西出现，一定要告诉她。事情又在昨天早上发生了，我在我家花园小道上看到了这张画，我立刻拿给爱尔茜看，她刚看一眼就昏倒了。她从那天看到这张鬼东西后，一直都失魂落魄，惶惶不可终日。我不敢再耽误下去了，我马上就把信连同画一并寄给了你。我知道如果让警察知道这件事情，他们一定会嘲笑我的，我相信你，福尔摩斯先生。我会不惜一切代价保护我的妻子。”

我们从他那张激动的脸上，可以看出他对他妻子的深爱和信任。福尔摩斯全神贯注听他讲完后，开始了沉思。

“希尔顿·丘彼特先生，最好的解决办法就是让你妻子说出她内心的隐秘。”

希尔顿·丘彼特为难地说道：“我是男子汉，我不会做出任何有背诺言的事情。爱尔茜如果真心愿意对我倾诉，她会对我说的；她不愿意，我绝不会强迫她说。我相信你的能力，事情终究会水落石出的。”

“感谢你对我的信任，好吧，我问你，你家有没有来过陌生人？”

“没有。”

“我想你家是住在很僻静的地方，任何陌生人的出现都会引人注目，对吧？”

“在我家附近一带是这样。但是离我家不远，有一个马场，那里经常留外人住宿。”

“这些莫名其妙的东西内容十分丰富，它们不是随便画成的。这张纸上所画的东西一定有规律可循，我想要搞清楚这些莫名其妙的玩意儿不是一天两天就能办好。还有，我手头到目前为止掌握的线索并不充足，仅仅从一张莫名其妙的画的内容入手，我觉得困难很大，我希望你先回家再细心观察一番，一有情况马上通知我。还有，你必须把那些新近出现的跳舞小人按原样描摹下来，时时刻刻密切关注事情的发展状况，记住，一有新情况，马上通知我。”

送走了希尔顿·丘彼特，福尔摩斯的情绪很不好。这几天，我看见他几次从笔记本中抽出那张纸条，全神贯注地望着纸上的那些奇异的符号。大概又过了两个星期，有一天下午我要出去，他把我叫住了："华生，你能不能不出去呢？"

"有什么事情吗？"

"今天早上我收到希尔顿·丘彼特的一封电报，又是那些古怪符号的事，我从他的电报中推测出他发现了新的重要线索。"

我们在房子等他的时间不算长，希尔顿·丘彼特用最快的速度跑上了楼，他的精神和情绪明显地不怎么好。

"为了这件事情，我真是伤透了心，福尔摩斯先生，"丘彼特一边说一边坐倒在椅子上，他痛苦地说道，"对手在暗处，而你在明处，这样的处境真是令人担心，但是我到现在都还不知道我的对手是谁，我真是太痛苦了。现在我和我的妻子都非常痛苦，我的妻子为这件事情也伤透了心，她越来越瘦弱了。"

"她一直都没有向你说什么吗？"

"什么都没有说，她什么也不肯对我说。我明白她内心的痛苦，我一直想为她分担痛苦，可能是我做得太笨拙了，她吓得再也不敢提起这事了。她时常谈到我的家族名誉，往往在这个时候我以为她就要向我倾诉她的隐秘了，但不知为什么，话到嘴边她又绕开了话题。"

"你最近有没有什么新的发现？"

"有，有，挺多的，我带来了几张新的画，我还看到了我的对手了。"

"是吗？画鬼玩意儿的那个人吗？"

"没错，我亲眼看到他在我家庄园上画这鬼玩意儿。自从我上次从你们这里回到家后，也就是第二天大清早，我在工具房门

上又看到了新画的跳舞小人，仍然是用粉笔画的。这工具房和草坪在一块地方，它正好对着前窗。我照着画下了一张。”他拿出了一张纸，在桌上摊开。

“很好！很好！请说下去。”福尔摩斯说。

丘彼特又接着说：“我一描下来后，马上就擦去了。但是两天后，我又发现了新的。”

福尔摩斯兴奋地擦了擦手背。

“线索越来越充足了！”他高兴地说。

“三天后，我又在花园的小路上发现了一张纸条，上面压着一块大鹅卵石，纸条上画的鬼东西跟上次那张一模一样。从那天开始，我就决定守夜。我右手拿着枪，坐在书房不睡。我在等待那个该死的家伙。从书房往外面看，草坪和花园全都在我的视野之内。半夜三更的时候，我听到背后有脚步声，我妻子穿着睡衣来叫我去睡觉。我对她说我倒要瞧瞧是何方神圣竟敢三番两次地来骚扰我们。她恳求我不要去理睬那些恶作剧，她对我说：‘我们可以出去旅行，不去搭理那些无聊的恶作剧和那些无聊的人。’我气恼了，说：‘我不会放过那个该死的家伙，我们为什么要逃避，这不是我们的错！’她说：‘好吧，先睡觉，明天再谈吧。’

“正在她说这句话的时候，我看见了她的脸在灯光下忽然由红润变得惨白起来。她的左手在使劲地拽我的肩膀，我使劲地挣脱，就在这个时候，我突然瞥见了工具房的墙角下有一个人影在走动。那个人影偷偷地摸到工具房门口，我又惊又怒，我握紧了枪就往外冲。她从后面抱住了我，我那时只想收拾那个该死的家伙，我不顾一切地推开了我的妻子。当我赶到工具房门口的时候，什么都没有了，那个该死的混蛋逃走了。我看见门上又画了一些跳舞的小人儿，一模一样的小人儿，我寻遍了庄园各处，什么也没有发现。当我再次去工具房检查的时候，我看到了房门上又增加了些新画，原来那个混蛋还没有离开我的庄园。”

“你把房门上那些新画照样描下来了吗？”

“画下来了，都在这里。”

希尔顿·丘彼特又从口袋里取出一张纸来。

“那么，这些是描在前一行下的呢？还是前后分开的？”

“它们原来都是画在另一块门板上的。”

“太好了！这条线索的作用非常大，我看到破案的曙光了。丘彼特先生讲下去吧！”

“还有什么好讲的，福尔摩斯先生，那天晚上我简直肺都要气炸了，我生我妻子的气。她如果不在紧急的时候抱住我，那么我就可以收拾那个该死的混蛋了，最起码我可以将那个家伙打伤，他早就应该尝尝我的厉害。我妻子事后告诉我，她拽住我是害怕我会受到意外的伤害。我当时想到的是：她不是怕我受到伤害，而是害怕那个该死的混蛋受到伤害。但是我从我妻子的语言以及她的眼神中可以明显体会到她的确很担心我，我想约上农场里几个健壮的青年埋伏在暗处，只要那个混蛋一出现，我们就往死里打，不让他知道我的厉害，我决不会罢休的。”

福尔摩斯听完他的叙述，马上就阻止他：“这样做没用，反而会打草惊蛇，你时间急不急？”

丘彼特先生说：“我今天还必须赶回家，我妻子一个人在家我不放心，她非常害怕，她希望我早点回去。”

“既然是这样，你就先回家吧！你妻子确实很需要你的保护。我本来想过几天和你一道到你家的，好吧，你先留下这些玩意儿吧，我会为你处理这些棘手的问题。”

福尔摩斯把希尔顿·丘彼特先生送到门口，就没有再送了。他关上门，脸色很平静，从他的眼神里我看出了他对这种案子有一定的驾驭能力。他在桌边忙了起来，他麻利地把所有画有古怪符号的纸条都摆在了桌上，并且仔细地进行了拼凑，在拼凑的过程中，他对这些古怪的符号进行了破译。在长达两个小时里，他的左手和右手从来没有放下过那些画有古怪符号的纸张。他太投入了，他对我视而不见，我明白这是他的工作习惯，到了最后，他欢快地吹了一声口哨，我想他的工作暂时就要告一个段落了。他已经写好了一份电报，电报比较长。他高兴地摇晃着手中那份长电报说：“华生，假如回电中有我希望得到的东西，案子就快要结案了。”

那个时候，我真想向他问个明白，事情到底是怎么一回事，但我清楚福尔摩斯到了适当的时间，他会告诉我这个案件的一切的。

回电迟迟不到。我们坐在房间里整整等了两天，终于在等二天傍晚，希尔顿·丘彼特用一封信的表达方式向福尔摩斯回报了情况。他在信里面说他家没有发生什么意外，但是在庄园小路上又发现了一张一模一样的跳舞小人儿并在信里面夹寄来了一张。福尔摩斯马上摊开了那张纸，他仔仔细细地观察了几分钟，突然他发出了一声惊叹，他的脸色也焦急起来。

“事情发展得越来越不妙，我们再也不能袖手旁观了，现在有没有去洛福克的火车？”

我拿出了列车时刻表，晚上最后一趟火车早开走了。

“糟糕，看来没有办法了，我们只能搭明天的首班车。”福尔摩斯说得很急，“一定要我们出马才行。算了，电报也不用拍了，事情紧急得很。事实摆在眼前，我看了丘彼特这份电报，我就知道事情发展到一触即发的程度了，丘彼特先生的生命受到了威胁。”

事实上正如福尔摩斯所意料的，事情发展到最后竟然发生了暴力、恐怖等行为。福尔摩斯的脸色让我预感到事情复杂了起来。为了把这件曲折、复杂的案件真相叙述完整，我想和福尔摩斯有关的事情都不能忽略，因为他是这起案件的破获者，福尔摩斯最有资格在这起案件上发言。

我们搭乘火车到达了洛福克火车站，火车站的站长向我们走来，他问我们：“你们是从伦敦赶来的侦探吧？”

福尔摩斯微微地皱了皱眉头，他很反感他的行动受到一些莫名其妙的人的关注。

“你怎么知道的？”

“这是洛福克的警长马提经过火车站告诉我的，你们当中有一个还是外科医生。丘彼特夫人还没有死，但是伤势很严重，可能活不了多久。”

福尔摩斯满脸尽显焦急神态。

“我们要赶到马场村庄园去，但是我没有听说那里出了什么

事啊？”福尔摩斯说。

站长说：“这是一起谋杀案，恐怖的谋杀案，希尔顿·丘彼特夫妇遭到了枪击。事情是这样的，丘彼特夫人先把她丈夫用枪打死了，然后自己朝自己开枪，她命大，没有被枪打死，不过她也活不了多久了。要知道，他们原来生活得多么美满幸福啊！哎，真惨！”

告别了火车站站长，我们匆匆忙忙地上了马车。在长达九英里的路途中，福尔摩斯什么话也没有说，他在沉默中思考。一切都出乎他的意料。我看到他的脸色和眼神失去了往日踌躇满志的光彩。他内心一定很痛苦，要知道，他最不愿看到的事情出其不意地发生了。他脸上有一种茫然的神情。好在沿途的风景不错，气氛不算死气沉沉。这一带聚居的人已经不多了，农舍没有多少，分布得稀稀落落，宽广的田野围绕着稀落的农舍，马场村庄园离我们越来越近。马车夫用鞭子指着前面不远处的小树林，小树林围绕着一个大庄园，他告诉我们：“马场村庄园就在那里。”

马车带着我们来到庄院大门口才停了下来。庄院里纷纷扰扰有一些争吵的声音，大门口也站立着一些围观看热闹的人。一个矮个子从我们旁边停着的一辆马车里跳了出来，他的动作非常敏捷、果断。他走向我们，自我介绍了一番，他说他是洛福克警察局的马提警长。

“你好啊！福尔摩斯先生，这件案子发生在今天凌晨三点。你的消息可真灵通，速度也比我快。”

“这早在我的意料之中。我本来想赶到这里阻止这件惨案发生。”

“那么你对这件案子一定是了如指掌了，而我仅仅知道他们夫妻一向生活得很美满。”

“我掌握的只是几张古怪的画纸，纸上画有一些古怪的符号，我掌握的仅仅是这些。至于案件的事发原因我以后再跟你说吧。警长先生，我们是各干各的，还是共同参与？”

“假如我真能够和你一起调查这个案件，我会感到十分荣幸。”马提警长非常诚恳地说道。

“我能和你一起合作也感到十分荣幸。我想立刻听到证词，马上调查案发现场！”

马提警长非常聪明，他让福尔摩斯随便询问目击者以及调查宅院各处的线索，他自己在一旁做笔录。洛福克医院的外科医生是一个上了年纪的老人，他刚从丘彼特夫人的卧室出来，他告诉我们丘彼特夫人的伤势十分严重，但性命无忧。子弹穿过她的额头，她昏迷了过去。她到底是被打伤还是自伤，他不敢随便定论。但可以肯定的是这一枪是从近处打的。在书房里只发现了一支枪，里面只打了两发子弹。丘彼特先生的心脏被子弹打穿了，当场死亡。他们夫妻俩都有凶杀对方的嫌疑，因为那把枪掉在他们正中的地板上。

“谁搬动过他没有？”福尔摩斯问。

“没有。丘彼特夫人受伤严重，她家的仆人把她抬出了卧室。”

“你到这里有多长时间了，医生？”

“从凌晨四点钟开始到现在。”

“就你一个人在吗？”

“马提警长也在场。”

“你没有动什么吧？”

“没有。”

“你有保护现场的经验，是谁给你报的警？”

“丘彼特先生家的女仆人桑德思。”

“是她首先发现的？”

“还有厨师金太太。”

“桑德思和金太太在不在？”

“应该在厨房。”

“我们听听她们是怎样说的。”

丘彼特家的大客厅一下子就变成了调查庭。福尔摩斯坐在一把老式的椅子上，他的情绪并不乐观，一脸的严肃和庄重。虽然如此，我还是能够从他的眼神看到他坚毅的内心。他很专注也很执著，不管遇到什么困难，他都不会放弃。坐在丘彼特家大客厅里的还有穿戴整齐的马提警长，那个头发和胡子都白了的外科医生以及我和一个当地警察。

桑德思和金太太回忆得很详细。首先她们是被一声爆炸惊醒的，紧接着又响了一声。金太太立刻用最快的速度奔到桑德思的房间，她们一起下了楼，只见书房门敞开着，桌上点着一支蜡烛。丘彼特先生趴在地板上，已经死了。丘彼特夫人在窗前瘫着身子，脑袋紧挨在墙上。她伤势严重，满头都是污血，嘴里不断地喘着粗气，一句话也说不出来。走廊和书房里充满了火药味和烟味。窗子是关着的，窗里还插上了栓头。她们吓得要命，她们马上就派人去找医生和警察。

她们虽然吓得要命，但处事却不慌乱。她们在马夫和喂马人的帮助下抬出受了重伤的丘彼特夫人，抬回到她的卧室。出事前他们夫妇早就睡了，她穿着衣服，他的睡衣外面套着便衣。书房里的东西都没有动过，保存得非常完整。丘彼特夫妇给她们两个仆人的印象，一直是和和睦睦的，从来没有斗过嘴。

听完了两个女仆的叙述后，马提警长又问她们当时宅院门的安全情况，她们都异口同声地回答，宅院里每扇门都闩好了，没有人能够跑出去。福尔摩斯也问了她们一些有关于她们自己的问题，在问到枪响时周围动静的问题时，她们都肯定说她们从楼上跑出来的时候，就闻到了火药味。福尔摩斯对马提警长说："这个事实不要忽略，是我们仔细检查那间书房的时候了。"

书房不大，但书挺多的，占据了书房三分之二的空间，书房有一扇开向花园的窗子，房子中间摆着一张书桌。丘彼特的尸体横趴在地板上，已经死去多时了。致命的子弹从他胸口穿过，射穿心脏后仍残留在心脏里面。他的袍衣和手上都没有火药的痕迹。那个老医生说过，丘彼特夫人的脸上有火药的痕迹，但是她手上没有。

“死者和幸存者手上没有火药痕迹，并不能说明什么问题，要是有的话，那么情况将会完全不同，”福尔摩斯说，“如果子弹本身有问题，它在打出的时候，火药会往后倒喷，否则打多少枪手上都不会有火药的痕迹。但这是不可能的，根本不会存在这种情况，丘彼特先生的遗体可以搬走了。医生，丘彼特夫人额头里面那颗危险的子弹还没有取出来吗？”

老医生说：“这个手术并不简单，稍有差错就会危及生命，难度挺大，这需要时间。那支枪中总共有六发子弹，打了两发，剩下四发，两发子弹制造了两个伤口。事情就是这样。”

福尔摩斯冷冷说道：“表面上是这样，但打在窗柜上那颗子弹又怎么解释呢？”话还没说完，他的身子突然转动起来，身子转动的方向和手指的方向一致，方向都朝向了窗框底边一个不起眼的小洞。

“哎呀！我怎么没有发现！”马提警长惊讶地说道。

“我一直在寻找它。”

“这绝对是一条重大的线索！”老医生说，“福尔摩斯先生真是明察秋毫，什么都逃不过你的眼睛。事实上应该是打出了三发子弹，窗框上这颗子弹是这件案子最大的疑点，当时案发现场一定还有人在场。是谁呢？他是怎样逃走的呢？”

“只要解开这个疑点，我想这个案子就容易、清晰多了。”福尔摩斯对马提警长说，“警长先生，你应该还没有忘记桑德思、金太太说过她们一进门就闻到了火药味吧。我也说过有关她们提供的这个线索很重要，对吧？”

“不错，先生。我当时并不清楚你要说明什么东西。”

“这就证明了在开枪的同时，门窗都是开着的，要不然火药的烟不可能有那么快吹上楼，这一定是书房的门窗打开了，有风进入。但是书房的窗户打开时间并不长。”

“从哪里可以看得出来呢？”

“如果没有风，书桌上的蜡烛就会正常地燃烧。”

“绝妙！绝妙的推理！”马提忍不住拍掌叫好。

“惨案发生的时候窗户是打开的，有人在窗外放暗枪，那个人的子弹打中了书房里的人。书房里的人立刻还击，但子弹却打在了窗框上。窗框上那个弹孔证明了我的假设是成立的。”

“窗户又是怎么关上的呀？”

“丘彼特夫人出于本能关上窗户。咦，这是什么东西？”

书桌上放着一个鳄鱼皮镶银边的女用手提包，十分精致。福尔摩斯打开它，里面的东西全部被他倒了出来，包里面装的是一沓英钞，五十英镑一张的共有二十张，用橡皮筋扎在一起。除此之外，别无它物。

“这个手提包是日后当庭作证的证物，好好收管。”福尔摩斯慎重地把手提包和钱交给了马提警长。他接着又说：“我们一定要搞清楚这些打出去的子弹。第三颗子弹，也就是打中窗框上的子弹。从木头碎片情况来看，子弹分明是从屋里面打出去的，我想再问一下金太太，你说过你是被很响的爆炸声惊醒的。是不是它比第二声要响呢？”

金太太回答：“这是一个难题。我是被惊醒的，很难说。但

是那枪声听上去真的很响。”

福尔摩斯说：“你没有感觉到是两枪齐发吗？”

“很难辨别，当时我刚刚惊醒。”

“的确是两枪齐发。警长先生，不用再调查了。假如你愿意同我一起到花园走一趟的话，我们肯定又会发现新的线索。”

书房窗前是一座花坛，福尔摩斯带着我们来到花坛前，我们都发出了惊叫。我们看到花坛里的花都被踩倒了，乱七八糟地踩满了足印。那是男人的大脚印，脚趾特别细长，福尔摩斯在花坛里细心地搜查着什么。突然，他站直了身子，手上已经多了一个圆圆的小铜管。

“果然不出我所料，”他兴奋地说，“那支左轮手枪有推进器，这就是第三枪的弹壳。马提警长，这起案子马上就要了结了。”

马提警长对福尔摩斯的探案速度有点不适应，他除了惊讶外脸上再没有其他表情。刚开始调查的时候，他还能够从中插上自己对此案的见解，现在根本插不上话了。

“那么是什么人开的枪呢？”他只能这样问福尔摩斯了。

“我们会有机会再次谈论这起案子的。我还有几个地方没有弄清楚，只有弄明白了那几个不清楚的地方，我才能清楚地回答你这个问题。”

“好吧，事实上让凶手落网才是我们要做的头等大事。”

“我不是要在你面前玩什么把戏，事出有因，我一时之间还不能够向你解释清楚。我只要掌握了必备的线索和资料，我想就算丘彼特夫人再也不能回忆那天晚上的情景，我们仍然能够调查出凶手是谁。现在，我必须先搞清楚这儿是不是有一家名叫‘埃尔里奇’的旅店。”

丘彼特家的仆人都不知道埃尔里奇旅店在什么地方。当问到那个喂马的小孩时，他说在东罗斯顿方向，离这里几英里的地方住着一个名叫埃尔里奇的农场主。

“那个地方很难找吧？”

“没错，先生。”

“或许那儿的人还不知道昨天晚上这里发生的事情吧？”

“或许吧。”

“你骑上一匹快马，我希望你能够帮我送封信去埃尔里奇农场。”

福尔摩斯立刻从贴身口袋里掏出很多画着跳舞小人的纸条，他在书桌折腾了一阵，最后，他递给了喂马小孩一封信，嘱咐他一定要把信送到收信人的手上，千万不要和收信人谈话。我看到了信头上潦草地写上了收信地址和收信人的姓名，字体根本就不像他平常的字体。信头上写着：洛福克，东罗斯顿，埃尔里奇农场，阿贝·斯伦尼先生。

福尔摩斯送走送信人，接着又对马提警长说：“警长先生，捉拿杀人凶手的时候马上就要到了。你应该多派几个警察来，现在还来得及，这个杀人凶手非常危险，他的暴力倾向很强烈。华生，我们下午有足够的时间回伦敦。我们再等待一段时间吧，案子就了结了。”

福尔摩斯不待马提警长开口说话，他又吩咐所有仆人：“假如有人来看望丘彼特太太，马上把客人带到客厅去，千万不要说出丘彼特太太的真实身体状况。”他一而再，再而三地嘱咐丘彼

特家仆人谨记这些。说完，他就带着我们一行人到客厅去了。他对大家说，我们必须有守株待兔的耐心。然后他又说，大家也不必这么紧张，要放松。此刻客厅里只剩下福尔摩斯、警长和我三个人。

“如果大家不反对我用这种方法来消磨时间的话，我很愿意这样做。”福尔摩斯口里说着，然后把椅子搬到桌子旁边，把那些画有古怪符号的图纸都拿出来推到桌上，“我向大家说一说我对这件怪案的看法吧。首先，我希望你们不要误会，我不是故意要炫耀自己的侦探才能，事实上我做得非常不足，我对这起怪案的第一印象，是希尔顿·丘彼特先生先后两次到贝克街找我时为我提供的。一接到这个案子，我就有一种预感，这起案子不那么简单。我看到了希尔顿·丘彼特先生带来的古怪符号图纸，也就是这桌上这些，一些有趣的跳舞小人儿。我对各种各样的密码文字了如指掌，我还撰写过这方面研究的论文，在论文里我精密地分析了一百六十种不同的密码，但是这种古怪符号我还是第一次看到，这种符号的制造者真实目的是想遮人耳目，让别人以为它是信手涂写的儿童画，而看不出符号传达的真实信息。答案就在里面，看出这些符号的代表字母，再用密码的规律来分析，答案很快就会出来。丘彼特先生给我第一张纸上的那句话很短，我的把握能力在这个时候还不敢胡乱把握这些古怪符号，我能肯定的是代表的是E。E在英文中是最常见的，E字母在第一张图纸中使用得最频繁，图纸中十五个符号，有四个是E。符号里有的带小旗，有的没有。从图形的分布情况来看，那些图形应该是用来把句子中的单句分开。

“可是，事情并不那么简单，很多时候假设只是一种借鉴手段，因为它毕竟不是事实，除了 E 以外，英文字母的使用顺序很不清楚。这种顺序，跟英文的常用顺序大不相同。字母按出现频律的排序是 T、A、O、I、N、S、H、R、O、L，但是 T、A、O、I 出现的频律几乎是一样多。我不想一一去验证它们，这样很费时间，而且效果还不好，事倍功半的事情我不会做。于是我就等来了希尔顿·丘彼特的第二次来访，他终于为我带来了新的重要线索。他又带来了一张古怪符号的图纸。在这张图纸中，我发现了第二个和第四个都是 E。这词可能是 sever(切断)，也可能是 lcvcr(杠杆)或是 never(决不)。Never 作为答语的可能性极大，而且从各种迹象都可以看出这是丘彼特夫人写的答复语，我假设这种推理是正确的，那么那三个符号分别代表 N、V 和 R。

“我直到现在都还感觉到破译这几个古怪符号的困难程度很大。刚才我突然有了一个奇妙的想法，这个想法真的很奇妙，它一下子让我明白了其他几个字母的真实含义。我想到的是，如果是一个年轻时和丘彼特夫人来往很亲密的人，这人对丘彼特夫人的要求很无理，那么一个两头的 E 当中是三个别的字母的组合极有可能是 ELSIE(爱尔茜)这名字。我仔细一观察，惊奇地发现这个词曾经三次构成一句话的结尾。所以我敢肯定，这一句话一定是对‘爱尔茜’提的要求。于是我就找出了 L、S 和 I。我不知道到底是什么要求？在‘爱尔茜’前面的一个词只有四个字母，末尾是 E。这个词一定是 come(来)。其他字词都不行，于是又找出了 C、O、M。严谨地整理一下第一句话，这句话成了：M·ERE·SL·NE。

“在短句中出现了三次的是A,而且A都是排在句子的最前面。H在第二个词的第一位置非常明显，这句话现在成了：

“AM HERE A．E SLANE．再加上名字中所缺字母：

AM HERE ABE SLANE。

(我到了。阿贝·斯伦尼)

“我手头里掌握的这些字母，足够破译第二句话，这句话破译出来应该是这样的：A．ELRE．ES。

“在这一句话中字母T和G只有加在缺字母的地方才有意义(意思是：住在埃尔里奇。)埃尔里奇可以假设是写信人住的地方或者是旅店的名字。”

马提警长和我完全被福尔摩斯严谨又合理的推理吸引住了。我们对这起怪案再也不是一知半解了，至此案子清晰多了。

“接下来你又是如何推断的,福尔摩斯先生？”马提警长问道。

“我有足够的理由断定阿贝·斯伦尼是一个美国人，阿贝是美国式的拼写。发生在丘彼特夫人身上的事情，都是因为一封从美国寄来的信才引发的。从这里我可以断定丘彼特夫妇遇害不是家庭暴力引起的，一定有局外人参与其中。我没有放过对丘彼特夫人年轻时发生的事情的调查。我在昨天向纽约警察局发了一份求急电报，电报是发给在警察局工作的威尔逊·哈格里夫，他是我的朋友。在电报里我问他知不知道阿贝·斯伦尼。我以前帮过他很多忙，他马上给我回了电，他告诉我阿贝·斯伦尼是芝加哥的恐怖分子。与此同时，希尔顿·丘彼特先生寄来了阿贝·斯伦尼最后一次画的跳舞小人，跳舞小人给我的启示是：ELSLE. RE.ARE TO MEET THY GO。

“补上字母 P 和 D，这句话就完整了(意思是：爱尔茜，准备见上帝。)，事情发展到这个地步已经很危险了。我对芝加哥那伙恐怖分子十分了解，我料到阿贝·斯伦尼会说到做到的，他劝诱不成就会孤注一掷了。我不敢再浪费时间，马上和华生赶来阻止这件惨剧的发生。很遗憾，我们来迟了。”

“非常高兴能够和你一起调查这件案子，”马提警长诚恳地说，“但是，我必须实话实说，你只为你自己负责，但我却要为我的上司负责。假如这个现在住在埃尔里奇农场的阿贝·斯伦尼真是杀人凶手的话，让他逃出洛福克将是我警探生涯中最大的败笔。我的上司给我的处分肯定会不轻。”

福尔摩斯说：“他逃不掉的。放心好了。”

“你怎么知道他逃不掉呢？”

“他如果真要逃走的话，那就是他不打自招了。”

“还等什么呢，我们去捉住他吧。”

“我想他立刻会到这儿来的。”

“这是怎么一回事？”

“我写信请他来。”

“这就有点儿令人不可思议了，先生！你这不是打草惊蛇，好让他乘机跑掉吗？”

“你等着瞧吧，精彩的还在后面呢。”福尔摩斯说，“看，是不是我请的客人来了？”在门外的小道上，一个身材魁梧，肌肉结实，外貌英俊的男子正大步流星朝宅院走来。他的胡子长得粗长，鼻梁挺直，神情潇洒，风度翩翩。

福尔摩斯对我和马提警长轻声说道：“大家不要轻敌，这个

家伙挺难对付的，做好一切准备，不要让他从这里逃走了，我想先和他聊聊。”

我们藏到了门后，这个位置的确是令人防不胜防的好地方。门打开了，那人踏步进来了。福尔摩斯出其不备地用枪柄在他的头上猛击了一下，马提警长飞快地用手铐铐上了他的手腕，他们两个人利索的两招擒拿了那个措手不及的家伙。他不知所措地盯着我们不放，一脸的无奈和失望。他对我们说：“我承认我已经输了，你们的身手不赖。我赶到这里是希尔顿·丘彼特夫人请我来的，你们怎么也在这里呢？不会是她为你们出的计谋吧？”

“你搞错了，希尔顿·丘彼特夫人现在已经奄奄一息了。”

那人听到这个消息，马上就撕心裂肺地狂吼起来。

“胡说八道，不可能的事，这绝不可能，你们在骗我。受伤的是希尔顿，不是爱尔茜。这是怎么一回事啊！老天爷有没有搞错，爱尔茜没有受伤！”

“希尔顿·丘彼特先生已经中弹身亡，丘彼特夫人额头中了一枪。”

那人满脸是绝望的神情，泪水迸涌而出，声音比泪水更凄惨。他什么话都不说，只是悲伤地哭泣，过了几分钟，他停止了哭泣。他眼角边还残留着泪水，泪痕依在。他说道：“我现在想要说的是，我们之间的恩怨，是希尔顿首先开枪打我而造成的，我还击了，我并不想伤害爱尔茜。你们不知道我多么爱她，我对她的爱一直都没有变。全世界就我一个人这样深爱着她。她曾经答应过我，她会嫁给我的，但是到最后希尔顿插足进来了，他夺去了我心爱的爱尔茜。爱尔茜本来是属于我的。”

福尔摩斯对那人说道："你的真实面目露出来后，爱尔茜就决定要离开你。但是你不甘心，你一心只想得到她，你让她伤透了心。你引诱她抛弃她深爱的丈夫，和你这个让她既怕又恨的人私奔，这是你一手造成的惨剧。希尔顿先生中弹身亡，丘彼特夫人被你逼得自杀，上帝不会饶恕你的，法律也不会饶恕你的，阿贝·斯伦尼先生！"

阿贝·斯伦尼失魂落魄地说："要是爱尔茜死了的话，我也不会再活下去了。"他伸出左手，张开了，一团揉皱的信纸扔到了桌上，"先生，你不会吓唬我吧，要是她如你所说的，已经奄奄一息，那么是谁写的这封信呢？"

"我写的。为了让你来这儿。"

"不会吧！除了我们那伙人外，没人知道跳舞小人的秘密，你是怎么知道的？"

"有人发明，自然有人能看得懂。"福尔摩斯说，"等一会儿，就有一辆警车赶到这里来，阿贝·斯伦尼先生。你还有机会将功赎罪。丘彼特夫人已经成为谋杀亲夫的嫌疑犯了，你知不知道！你应该马上为她辩护，她和这件案子没有多大联系，她也是此案的受害人，到了这个时候，你难道还要拖延下去吗？"

"对，先生，你说到我心坎上了，是时候了，是说出事情真相的时候了。"

马提警长义正辞严地对阿贝·斯伦尼说："事情到了这个地步，由不得你了。"

阿贝·斯伦尼点了点头。他说："你们从我的外貌就可以看出我是一个叛逆的人，我和爱尔茜还是小孩子的时候就认识，可

以说我们俩是青梅竹马。那个时候，我和一伙街头小流氓混在了一起，天不怕地不怕，特别狂妄，目中无人，臭味相投地成立了一个犯罪集团，爱尔茜的父亲是我们的头头。我们在芝加哥干了许多坏事，跳舞小人儿是老伯特里克发明的，在我们这伙人当中通用，对我们而言，它非常实用，这样我们有了我们的秘密联络方式，避免了很多麻烦。我忘了说明了，爱尔茜从来就不知道我们干了些什么，我们的事情终于让她知道了。她是一个纯洁的女孩，她伤心极了，虽然我们已经订了婚，但是她还是偷偷地离开了我来到了伦敦，她竟然胡乱嫁给了一个英国佬，于是我找到这里来了。我来英国之前，给她写了一封信，她没有回信。我只好潜入她家里，我把我要对她说的话都用跳舞小人表示清楚了，我把它们画到了她能够看得到的地方。

“我来这里已经一个月了，我在埃尔里奇农场租了一间房子。我千方百计地想让爱尔茜回心转意，爱尔茜后来终于回答了我，她在我画符号的地方画了回答我的符号，她叫我不要再骚扰她。我急了，我开始逼迫她，她给我写了一封信，恳求我离开，她不想让她的丈夫名声受损，否则她会伤心一辈子的。她在信中对我说，只要我愿意离开这里从此不再骚扰他，她会在凌晨三点等她丈夫睡着后下来在屋后那扇窗前跟我说清楚。她果然准时下楼来了，她给我一笔钱恳求我不要再纠缠她了，我不肯，我一手抓住她的胳膊要带走她。这个时候，她丈夫突然拿枪冲进了屋里，爱尔茜马上就昏了过去。希尔顿见到我就凶狠地开枪打我，子弹打偏了，没打中我。我也开了枪，他中了我一枪。我夺路而逃，这时我还听到了后面关窗的声音。我不知道后来发生的事情。现在我这个样子很狼狈不堪吧，这叫自投罗网。”

阿贝·斯伦尼刚刚讲完他和丘彼特一家的恩恩怨怨，警车已经停在了门口，两名警察从警车跳了下来，马提警长拉了拉阿贝·斯伦尼，说：“该回警察局了。”

罪犯说：“能不能让我再看爱尔茜一眼？”

警长说：“够了，丘彼特夫人早就让你不要再见她了，但你偏偏不听。你早就玩够了。福尔摩斯先生，再见，我真希望我们再次合作。”

我们送走了马提警长和罪犯。我转过身，看到了罪犯扔在桌上的纸团，那就是福尔摩斯骗罪犯自投罗网的信。

“华生，你能够看出答案的。”福尔摩斯十分得意地说。

信上仍然是一些我至今看不懂的古怪符号。

“只要你使用过我破译过的密码，它的意思简单得很，就是‘马上到这儿来的意思。我坚信他会来的。要知道，他非常自负，在英国，除了爱尔茜能够使用古怪符号外，再也没有第二个人了，他一直这么想。他万万没有料到我也略懂皮毛。好了，华生，我们该坐最快的火车赶回贝克街吃晚餐了。”

这起怪案的最终结果是：洛福克法庭审理了这件案子，美国人阿贝·斯伦尼被判处死刑，但是由于考虑到首先开枪的是希尔顿·丘彼特，而改判劳役囚禁。丘彼特夫人后来伤好了，她成了寡妇，她尽自己的能力参与社会慈善事业，她是一个守妇道的人。

独自骑单车的人

1894至1901年间，福尔摩斯先生相当忙。简直可以说，在这八年时间里，只要是有些难度的公共案件，自然都会有人来向他咨询。另外还有上百起私人案件的破获，其中有些算得上最复杂、最另类的案件，都离不开他的重要作用。他这段时间长期、持续的工作收获了许多惊人的成功，当然也有少数无法避免的失败。我完整地记录了所有案件，并且亲身经历了许多，所以，要决定挑选出哪些公之于众，可不是件容易的事，这一点都不难想象。不过，我还是按自己的规矩，优先考虑破案方式最巧妙、最富有戏剧性，也因此最让人觉得有意思的，而不是那些因犯罪行为的凶残而让人感兴趣的案件。为此，我现在要给读者讲维奥莱特·史密斯小姐的经历以及我们的余波。维奥莱特·史密斯小姐是夏灵顿独自骑单车的人，而我们的调查最终以意想不到的悲剧抵达高潮。确实，即使是我朋友卓绝的能力，在当时的情形下，也没有多少可圈可点的发挥；不过，其中有几个要素确实让这个案子非比寻常，使它在我搜集的犯罪故事素材中脱颖而出。

翻开1895年的记录本，我发现那是在四月二十三号，一个礼拜六，我们第一次听说维奥莱特·史密斯小姐。我记得，她的造访让福尔摩斯先生极为不悦，因为他当时正沉浸在百万富翁、烟草经销商约翰·文森特的离奇迫害案中——这是一个令人费解、无比复杂的难题。我的朋友最喜欢全神贯注地缜密思考，因此最厌恶别人打断他对手头问题的专注。然而，当一个年轻美丽、优雅高贵的女士深夜来到贝克街，求他给予帮助和建议时，天生不会粗鲁的福尔摩斯不可能拒而不听。他强调日程排满了也没用，因为她抱定了讲完自身经历的决心；并且，除非动粗，看不出有什么方法能让她不讲完就离开。福尔摩斯一脸无奈，带着疲倦的微笑，请这位美丽的入侵者坐下来告诉我们她的麻烦。

“至少不是你的健康问题，”福尔摩斯说着，敏锐的目光快速打量着她，“如此热爱骑单车的人肯定充满活力。”她吃惊地看了一下自己的脚，我也注意到她的鞋帮因为自行车脚踏板的摩擦而变得有些粗糙了。

“没错，我骑车非常多，福尔摩斯先生，而这也跟我今天来拜访你有关。”

福尔摩斯拿起那女士未戴手套的手，仔细检查起来，就像科学家检查样本，一丝不苟又毫无感情。

“我相信你会原谅我。这事我要管，”福尔摩斯放下她的手说，“我险些误认为你是打字员，显然你是音乐家。看到这些指尖上的茧子了吗，华生？这两种职业都会有。不过，脸上有很灵透的气质——”说着，他轻轻地把她的脸转向光亮处，“打字员不会有。这位女士是音乐家。”

“没错，福尔摩斯先生，我教音乐。”

“看你肤色，我猜是在乡下。”

“没错，先生，在萨瑞边境，法纳姆附近。”

“美丽的地方，而且可以让人联想到很多有意思的事情。记得吗，华生？就是在那个地方，我们抓住了假币制造犯阿奇。好了，维奥莱特小姐，你遇到什么事情了，在萨瑞边境法纳姆附近？”

这位年轻的女士格外清晰、镇定地讲了如下离奇的经历：

“我父亲叫詹姆斯·史密斯，生前是老皇家剧场的乐队指挥。他去世了，福尔摩斯先生，留下我和母亲，除了我的叔父拉尔夫·史密斯，我们再没有其他亲人了。拉尔夫二十五年前去了非洲，自那之后音信全无。父亲去世时，我们很贫穷，但有一天被告知《泰晤士报》上有人登广告打探我们的下落。你能想象我们的激动，因为我们认为有人给我们财产。我们立即去见在报纸上留下姓名的律师，因此见到了从南非回来探亲的卡罗瑟斯和伍德利两位先生。他们自称是我叔父的朋友，并且说我叔父几个月前在极度贫穷中死在了约翰内斯堡，临终前请求他们寻找自己的亲人，并请他们确保自己的亲人不受穷。对我们来说，这太奇怪了，因为拉尔夫叔父活着时对我们不管不顾，死了却要格外照顾。但是，卡罗瑟斯先生解释说，那是因为我叔父听说了他兄弟去世的消息，因此感到有责任照顾我们。”

“对不起，打断一下，”福尔摩斯说，“这次会谈是在什么时间？”

“去年十二月——四个月前。”

“请继续。”

“在我看来，伍德利先生是最令人作呕的人。他不停地对我挤眉弄眼——粗野的肥脸青年，留着红胡子，头发在前额用浆糊固定成一个八字。我觉得他令人厌恶至极——我敢肯定，希瑞不愿意我认识这样的人。”

“哦，他叫希瑞！”福尔摩斯笑着说。

那位年轻女士的脸一红，笑了。

“对，福尔摩斯先生，希瑞·莫顿，一个电工，我们希望夏季末结婚，我怎么扯到他了？我想说的是伍德利十分恶心，不过，比他年长很多的卡罗瑟斯就让人舒服多了。他肤色偏黑，有点蜡黄，胡须刮得很干净。他少言寡语，但很有礼貌，脸上的微笑也让人很惬意。他询问我们父亲去世后我们的状况，得知我们很贫穷之后，他提议我来教他十岁的独生女儿音乐。我说我不喜欢离开母亲，为此他提议我可以每个周末回家，并提出每年一百英镑，这显然是很丰厚的薪水。最后我接受了，并且搬到了距法纳姆六英里的智顿庄园。卡罗瑟斯是个鳏夫，但他雇了一位可敬的上了年纪的女管家，名叫迪克松太太，由她照顾家事。小女孩很可爱，一切都很好。卡罗瑟斯先生人很好，也懂音乐，我们一起度过了许多非常愉快的傍晚。每个周末我都回城看我母亲。

“第一个美中不足是红胡子伍德利的到来。他来做客，待了一周，天啊！对我来说简直就是三个月。他很恐怖——对别人来说是霸道，对我来说还要糟糕一万倍。他很恶心地向我示爱，吹嘘他的财富，声称只要嫁给他，就能有伦敦最华贵的钻石。最后，我向他表明不想跟他有任何关系，结果晚饭后他抱住我——他力气大得令人恐惧——并誓言不会放我走，除非我吻他。卡罗瑟斯

先生进来了，把他拉开，结果他不顾宾主之礼，把卡罗瑟斯打倒在地，翻了脸。不难想象，伍德利的造访就这么结束了。卡罗瑟斯先生第二天向我道歉，并且保证不会再让我遭受这样的侮辱。从那以后，我没有见过伍德利。

“现在，福尔摩斯先生，终于说到我今天要向您专门求助的事情了。你知道，我每周六都要骑单车去法纳姆火车站，赶十二点二十二分进城的火车。智顿庄园只有一条路可以进出，很偏僻，有一段约一英里的路格外偏僻，一边是夏灵顿石南，另一边是环绕夏灵顿庄园府邸的树林。恐怕全世界再也找不到这么偏僻的道路了，在抵达克鲁科斯贝利大街之前，连个马车或者农民的影子都看不见。两周前经过这里时，我无意中回头看了一眼，看到有个人在我身后大约两百码左右，也骑单车。他看上去是个中年人，下巴上留着黑色的短胡子。快到法纳姆的时候，我回头看了一眼，那人不见了，所以我也就没再多想。可是，福尔摩斯先生，周一返回的时候，在同一段路上，我又看见了同一个人，你能猜到我有多吃惊。让我更吃惊的是，接下来的周六和周一都是同样的经历。他一直保持距离，没有以任何方式骚扰我，可还是让我感觉很诡异。我告诉了卡罗瑟斯先生，他似乎对我说的很关心，并且告诉我说他订了一辆马车，这样我将来就不会独自经过那里了。

“本来说马车这周到的，但不知怎么没到，所以我又得骑车去车站。就是今天上午。到达夏灵顿石南时，我格外小心，而那人当然又出现了，跟两周之前完全一样。他向来跟我保持距离，所以我没法看清他的脸，但我不认识他，这点可以肯定。他穿着黑色套装，戴顶布帽。至于他的脸，只能清楚地看到黑胡子。我今天不是恐慌，而是满肚子好奇，决心看看他是谁，问问他想怎样。我慢下来，他也骑慢了。我干脆停下，但他也停下了。我给他设了个圈套。那条路有个急转弯，我飞快地骑过去，然后停下等他。我想让他嗖地转弯追过来，让他超过我的时候来不及停。但他根本没有出现。我回到拐弯处一看，只有一英里的路，没人。更离奇的是，那段路根本没有能让他消失的支路。”

福尔摩斯轻声一笑，搓了搓手。“这个案子肯定有点特别，”他说。“从你转弯到你发现路上没人了，中间过去了多长时间？”

“两三分钟。”

“那他肯定不是原路退回的，但你说没有支路？”

“没有。”

“那他肯定走了路边的人行道。”

“不可能是石南那边，否则我该看到他了。”

“所以，根据排除法，我们得到的结论是他去夏灵顿庄园府邸了。按我的理解，它就坐落在庄园靠近路的某一边的地方。还有什么吗？”

“我又困惑又苦恼，必须见到你，得到你的建议，否则我觉得我不会幸福了。除了这一点，没有要说的了，福尔摩斯先生。”

福尔摩斯沉默地坐了一小会儿。

“你跟他订婚的那位先生在哪里？”他终于问道。

“他在考文垂的米德兰电力公司。”

“他不会意外造访，给你突然惊喜吧？”

“呃，福尔摩斯先生！我可是太了解他啦！”

“你还有其他追求者吗？”

“认识希瑞之前有。”

“之后呢？”

“那就是恐怖的伍德利，如果他也算追随者的话。”

“没其他人了吗？”

我们漂亮的主顾看上去有点糊涂了。

“他是谁？”福尔摩斯问。

“啊，或许是我瞎想。不过，有几次我感觉我的雇主卡罗瑟斯先生似乎对我很感兴趣。我们在一起的时间挺多的，傍晚我会陪陪他。他什么都没说过，很有绅士风度。不过女孩子的感觉总能知道些东西。”

“哈！”福尔摩斯神情严肃。“他怎么谋生？”

“他很富有。”

“却没有马或马车？”

“呃，至少生活得很富足。他每周进两三次城，他对南方的黄金股票很感兴趣。”

“有任何新的进展都要告诉我，史密斯小姐。我现在很忙，但我会抽时间调查你的案子。同时，除非让我知道，不许采取任何行动。再见，我相信我们只会听到你的好消息了。”

“这样的女孩自然会有人追，”福尔摩斯沉思地抽着烟斗说，“但不该选在偏僻的乡间小路上，而且是骑着自行车。这肯定是个暗恋者。不过，这案子还是有些蹊跷，有几个别有深意的细节，华生。”

“就是他总出现在那个地方？”

“正是。我们首先要查清夏灵顿住的什么人。然后，还是要查清卡罗瑟斯和伍德利的关系，因为他们看起来是截然不同的两种人，可是竟然都那么热心地寻找拉尔夫·史密斯的亲人。还有一点。能支付家庭教师两倍于市场价的薪水，却没有马匹，虽然离车站有六英里远，这到底是个什么家庭？奇怪，华生——非常奇怪。”

“你要出城？”

“不，老兄，是你去。这恐怕是个并不深奥的小计谋，我不能为此中断其他重要调查。你周一早点到法纳姆，埋伏在夏灵顿石南，亲自搞清事实，并且依自己的判断行事。然后，搞清夏灵顿庄园住的什么人，回来向我汇报。好了，华生，现在除非有能让我们找到破解谜团的牢靠垫脚石，我们不提这事了。”

根据那位女士的讲述，我们确知她周一乘坐九点五十分从滑铁卢出发的火车去法纳姆，所以我提前动身，赶上了九点十三分的火车。在法纳姆车站，很容易问出前往夏灵顿石南的方向。至于那位女士的历险地点，要想认错都难，因为一边是空旷的石南，一边是紫杉树篱后围着的长满大树的庄园。有一条石头铺成的主车道，长满了青苔。车道两边矗立着石柱，顶端雕刻的图案布满了裂纹。除了这条主车道，我发现树篱有几处缺口，连着几条小路。从大路上看不到庄园府邸，周围十分阴暗破败。

石南林里长着一簇簇的金雀花，在春日阳光的照耀下，金灿

灿的。我躲在金雀花花丛后面，既能看到通往庄园的大道，也能看到很长一段大路。自从下了大路，上面一直空空如也，不过现在，我看到有个人骑车从与我来时相反的方向过来。他身穿黑色礼服，下巴上留着黑胡子。到达夏灵顿庄园的边界后，他跳下自行车，推车穿过一个树篱的缺口，从我视线中消失了。

过了一刻钟，又出现一个骑车的人，这次是从车站来的那位年轻女士。我看到她骑到夏灵顿庄园树篱旁边的时候四处张望着。不一会儿，那个男的从藏身的地方出来了，跳上车，跟了过去。在整个这片空旷的地界，只有这么两个移动的身影，一个是优雅地端坐在车子上的女孩，一个是紧随其后的男子。他俯身趴在车把上，每个动作都显得鬼鬼祟祟的，很奇怪。女孩往后看他一眼，然后减速，他也减速。女孩停下，他也立刻停下，保持两百码的距离。女孩接下来的举动既意外又勇敢。她突然调转车头，径直朝那男的冲了过去。然而他同样迅速地拼命逃走。这之后，女孩又掉头回来，高傲地昂着头，不屑于再去理会那个沉默的尾随者。他也调头继续保持距离跟着女孩，然后他们转过弯去，我看不到了。

我待在藏身的地方没动，这样做就对了，因为现在那个男子又出现了，正在慢慢往回骑。他在庄园主车道路口拐了进去，然后下车。我看到他在树丛里站了几分钟，举着手，似乎是在整理领结。之后他又骑上车子，朝庄园府邸方向离我远去了。我在石南林里跑了一段距离，透过树林往里看。远远地我能隐约看到古老灰暗的房子和挺立的都铎式烟囱。但主车道两旁的灌木实在太茂密了，我看不到他了。

不过，在我看来，我早上的工作颇有收获，我心满意足地走回法纳姆。当地的房产经纪人对夏灵顿庄园府邸一无所知，让我去潘摩街一家知名中介公司再打听。在回家的路上，我顺道去了那儿，遇到了很殷勤的中介代理。他告诉我说我来晚了，夏灵顿庄园整个夏天都租出去了，租给了一位令人尊敬的威廉姆森老人。彬彬有礼的中介不敢多说，因为不该谈论客人的事情。

那天傍晚，我向福尔摩斯汇报了一大堆，他都仔细听着，但是我并没有得到我希望而且看重的赞赏。相反，当他评论我已经做了的以及没做的事情时，他紧绷的脸更加严厉了。

“你藏身的地方，亲爱的华生，错得离谱。你应该藏在树篱后面，那样你就能近观那位有趣的先生。可你，在几百码开外，还不如史密斯小姐能告诉我的多。她觉得自己不认识这个人；我相信她认识。不然，他为什么那么紧张，不让史密斯小姐靠近到能看清自己面貌的距离？你描述说他趴在车把上，那还是隐藏，明白吧。你实在干得很糟糕。他回到了那座房子，你想查清他是谁。你竟然去找伦敦的房产经纪人！”

“我该怎么做啊？”我有些恼怒地喊道。

“到最近的酒吧，那才是各种闲话的中心地带。他们会告诉你所有人，从主人到洗碗工。威廉姆森？这一点都没用。如果是个老人，那他不可能如此敏捷迅速地摆脱那位身体健壮的女士的追赶。从你的实地考察我们得到了什么？得知女孩所说的话属实，但我从没有怀疑过她。得知骑车的人跟夏灵顿庄园有关系，但这

一点我也从没怀疑过。得知夏灵顿庄园租给了威廉姆森，可关于他还能知道点什么呢？好了，好了，亲爱的华生，别这么沮丧。到下周六，我们就能再做点儿事情了。这段时间我自己也做些调查。”

第二天早上，我们收到了史密斯小姐寄来的信，简洁准确地讲述了我亲眼看到的事件，但这封信的重点是附言：

福尔摩斯先生，如果告诉你我的处境很艰难，我相信你一定会尊重我的自信，因为我的雇主向我求婚了。我相信他用情很深，也很令人尊敬，但我已对别人做出了承诺。他接受了我的拒绝，心情沉重但又不失礼数。不过，你能理解我的压力。

“看来我们的小朋友情况不妙了，”读完信之后，福尔摩斯关切地说，“这案子肯定会比我之前想象的更有趣，更有深入发展的可能。我去安静祥和的乡下待一天也无妨，并且我今天下午就想去，验证一下我已经得出的一两个推理。”

福尔摩斯安静祥和的乡下之旅结束得有些异常，因为他很晚才回到贝克街，嘴上一道口子，额头上鼓起一个大包，紫了一片，整个人还兴高采烈。光凭这些，他自己都能成为苏格兰场警局的调查对象了。他被自己的经历逗得乐滋滋的，讲给我听的时候笑得格外开心。

“难得有这样好好活动一下的机会，”他说，“你知道就拳击这项古老的英格兰运动而言，我还是有两下子的，说不定什么时候就派上用场了。比如今天，要不是练过，我可要丢老脸了。”

我求他快点告诉我到底发生了什么事情。

“我找到了早就让你留意的那间乡村酒吧，在那里暗中调查。在那个酒吧里，一个多嘴多舌的乡绅把我想知道的全都告诉我了。这个威廉姆森是个白胡子老头，跟几个佣人住在夏灵顿庄园。据传他是或者曾经是牧师，可是他在夏灵顿庄园短住期间发生的一两件事情让我觉得怪怪的，实在不该发生在神职人员身上。我去教会调查，他们告诉我神职人员中曾经有这么个人，但执业记录很不光彩。那位乡绅又告诉我，每逢周末庄园通常会有访客——‘流氓痞子，先生’——尤其一个红胡子的先生，名叫伍德利，总在那里。我们正说到这里，恰好那位先生走了过来。他一直在酒吧里喝酒，听到了我们的全部谈话。他噼里啪啦问了一堆问题：我是谁？我想干什么？为什么问这么多问题？而且说话很不干净。骂了一堆脏话之后，他竟然猛地反手抽打过来，我没能完全躲开。接下来的几分钟就让我兴高采烈了一把。我一记左拳直奔这个流氓，让他吃尽了苦头。至于我，结局就是你现在看到的我。伍德利先生乘马车回家了。我的乡下之旅就这样结束了。不过，我得承认，我的萨瑞边境之行没能比你的考察更有成效。”

周四，我们又收到主顾的一封信。

听到我离开卡罗瑟斯先生的消息，福尔摩斯先生，请不要吃惊。就算是高薪也不能缓解我的处境给我带来的不安。我周六回到了城里，并且不打算回去了。卡罗瑟斯准备了马车，所以偏僻小路上的危险，如果真的有过危险的话，也同样结束了。

至于我离开的特殊原因，不单单有跟卡罗瑟斯先生相处的尴尬，还有那个丑恶男人伍德利的重新出现。他一直都很丑恶，但

现在看起来他比以往更可怕了，因为他好像经历了什么事故，脸都变形了。我看到他在窗外，幸好我没碰见他。他跟卡罗瑟斯先生谈了很久，之后卡罗瑟斯情绪很激动。伍德利肯定住在附近，因为他没在卡罗瑟斯先生家留宿，但今天一早我又看见他一眼，在灌木丛旁边鬼鬼祟祟的。我知道很快就会有一头凶残的野兽在我的地盘横行。我对他的憎恶和恐惧无法言传。卡罗瑟斯先生怎么能忍受这样一个人，哪怕片刻？不过，我的所有烦恼本周六就全结束了。

“肯定是这样，华生，肯定是这样，”福尔摩斯凝重地说，“这个姑娘肯定被深不可测的阴谋包围了，我们有责任确保她在最后一次旅途中不被骚扰。我觉得，华生，我们周六早上必须抽时间一块去，并确保这次既奇怪又复杂的调查不会遭遇不幸结局。”

我承认，直到现在我才很严肃地看待这个案子，因为之前我都觉得这案子只是奇怪，算不上危险。男人蹲点跟踪漂亮的姑娘这种事也不是没听说过，并且，如果他不敢跟女孩说话，甚至会在女孩靠近自己的时候逃避，那么他也算不上心存歹意。不过，伍德利这个流氓很不一样，除了那一次，他再也没骚扰过我们的主顾，并且他现在造访卡罗瑟斯也没有强行打扰那姑娘。骑自行车的人无疑是那乡绅所说的夏灵顿庄园周末聚会的成员，但他是谁，他想要什么，这些依然不清楚。福尔摩斯一脸严肃，并且出门前把左轮手枪塞进了兜里，这才让我觉得这一连串怪事背后或许潜伏着悲剧。雨夜过后的早上格外晴朗，对于看倦了伦敦城灰暗色调的眼睛而言，乡下石南林里一簇接一簇的金雀花显得格外美丽。我和福尔摩斯走在宽阔、砂质的大路上，呼吸着早晨新鲜的空气，听着小鸟的歌唱，心情无比畅快地感受着春天的气息。从克鲁科斯贝利山山肩大路的高耸处，我们可以看到灰暗的庄园府邸矗立在古老的橡树丛林中。橡树很老，但跟它们环抱着的建筑相比，它们还是嫩苗。福尔摩斯往下指了指，只见那条长长的路宛如一条黄中泛红的丝带，蜿蜒在褐色的石南与苍翠的密林之间。远远的，我们看到一辆马车，就像一个黑点，朝我们的方向驶来。福尔摩斯发出了一声不耐烦的惊叹。

“我留出了半小时的富余时间，”他说，“如果那是她的马车，那她肯定是要赶早班车。华生，恐怕她经过夏灵顿的时候我们还赶不到。”

下了坡路我们就看不到那辆马车了，但我们急速前进，快得让我习惯了久坐的身体受不了，我落后了。然而，福尔摩斯一直保持着锻炼，他有用不完的精力。他飞快的脚步一点都没有减慢，直到他突然停住在我前面一百码左右的地方，悲痛欲绝地摆了摆手。与此同时，一辆空马车拐弯出现在我们面前，马轻快地朝我们跑来，缰绳拖在地上。

“太晚了，华生，太晚了！”福尔摩斯喊道，这时我才气喘吁吁地跑到他旁边。“我真蠢！竟然没料到她会搭早班车！这是绑架，华生——绑架！谋杀！上帝，谁知道还有什么！拦住路！拦住马！就这样。快上车，看看还能否弥补我酿成的大错。”

我们跳上马车，调转马头，福尔摩斯狠狠抽了一鞭，我们就飞快地往回赶。一转弯，夏灵顿庄园跟石南之间空旷的大路又出

现在了我们面前。我一把抓住福尔摩斯的胳膊。

“就是他！”我倒吸一口凉气。

一辆单车正冲我们骑过来。他低着头，肩膀也因用力而涨得滚圆，似乎把全身的力气都传到了脚踏板上，像赛车似的飞驰过来。他突然抬起长着小胡子的脸，见我们离他很近，立即停住，跳下车来。他的小胡子黑得像炭，脸却煞白，两相对比很是奇怪。他两只眼睛亮得像是得了热病。他瞪着我们和马车，满脸惊愕。

“喂！停下！”他把车子横挡在路中央，大声喊道。“从哪里弄的这马车？靠边，伙计！”他从侧兜里掏出手枪，大声冲我们喊。“我说靠边！否则，天杀的，我让马吃枪子！”

福尔摩斯把缰绳扔我腿上，跳下马车。

“你就是我们要见的人。史密斯小姐呢？”他直截了当地说道。

“那是我要问你的。你坐着她的马车，你应该知道她在哪里。”

“我们在路上遇到了马车，空的。我们驾车回来想要帮她。”

“上帝！上帝啊！我该怎么办？”陌生人嚷道，一阵万念俱灭般的躁狂。“他们抓了她，伍德利那个恶魔，还有那个流氓。快来，如果你们真是她的朋友就快跟我来。帮我，咱们一块救她，哪怕我得把命搭在夏灵顿庄园。”

他攥着手枪，手忙脚乱地跑到树篱的一处缺口。福尔摩斯紧随其后，我把马扔在路边吃草，然后跟上福尔摩斯。

“他们就是从这里来的，”他指着湿地上的许多脚印说，“哎！停会儿！树丛里是谁？”

那是一个约摸十七岁的小伙子，扎着皮带，穿着长马靴，全身装束像个马夫。他躺在地上，蜷着腿，头上一道大口子，整个人只剩一口气了。不过从伤口看，还没伤透骨头。

“这是彼得，马夫，”陌生人喊道，“是他驾车送维奥莱特的。那些畜生把他拖下来打晕了。让他躺着吧，现在也救不了他，但我们可以救维奥莱特，让她免遭对女人而言最惨的厄运。”

我们沿着林中小径一路狂奔，跑到灌木环绕的房屋后，福尔摩斯停住了。

“他们没进房子。看左边，他们的脚印——这里，月桂树丛边上！啊！我就说是这样！”

他正说着，就听见女人的尖叫——回荡着令人毛骨悚然的恐怖的尖叫——从我们面前厚厚的灌木树篱中刺穿过来。尖叫声刚到最高点突然哽住了，像要窒息似的。

“这边！这边！他们在保龄球场，”陌生人边喊边从灌木丛篱上一跃而过。“这些卑怯的恶狗！跟我来！太晚了！太晚了！天哪！”

我们猛然闯入一块被古树环绕的草坪。草坪的另一端，在一棵大橡树下，站着很奇怪的三个人。一个女的，我们的主顾，耷拉着脑袋，嘴被手帕绑着。她对面站着一个红胡子的青年男子，凶残的脸上满是横肉，蹬着皮靴，两腿分得很开，一手叉腰，一手挥着马鞭，那架势像是征服了全世界。他们中间是一个白胡子老头。他身穿浅色呢料礼服，外面套着白色法衣，显然刚主持完婚礼，因为我们出现时他正把祷告书塞进口袋，并轻拍险恶的新郎的后背，以示祝福。

“他们成婚了！”我惊呼道。

“快！”我们的向导喊道，“快！”他跑着穿过草坪，福尔摩斯和我紧随其后。我们快到跟前的时候，那位女士跌跌撞撞地靠在树上，支撑着身体。曾经当过牧师的威廉姆森假惺惺地朝我们鞠躬施礼，而伍德利那个恶棍大笑着朝我们走来，笑得兴高采烈又兽性十足。

“摘掉你的假胡子，鲍勃，”他说，“我还不认识你。好吧，你跟你的朋友们来得正是时候，让我能够给你们介绍伍德利太太。”

我们向导的回答很奇特。他扯下掩藏身份的黑胡子，一把扔在地上，露出一张刮得干干净净、又黄又长的脸。然后他举起左轮手枪，瞄准那个正挥舞着鞭子朝他走去的恶棍。

“没错，”我们的同伴说，“我是鲍勃·卡罗瑟斯，就是死我也要给这个女子讨个公道。我警告过你要是你骚扰她我会做什么。上帝为证，我说到做到。”

“你来得太晚了。她是我妻子了。”

“不，她是你的寡妇。”

左轮手枪响了，伍德利胸前的衣服立刻涌出了鲜血。他身子一斜，惨叫一声躺下了，他可恶的红脸立刻斑斑驳驳地出现了白斑。那个还穿着白色法衣的老头突然破口大骂，我还从来没听过这么恶心的脏话，然后拔出自己的左轮手枪，但是，他枪还没举起来，就已经看着福尔摩斯的枪筒了。

“够了，”我的朋友冷冷地说，“把枪扔掉！华生，捡起枪，顶着他的脑袋！谢谢。你，卡罗瑟斯，把枪给我。不能再有暴力。

快，给我!”

“你又是谁？”

“我叫福尔摩斯。”

“上帝啊!”

“我知道你听说过我。在警察到来之前，我代表警察。喂，你!”他冲草坪边上出现的一个吓坏了的马夫喊道，“过来。骑马送这封信到法纳姆，能骑多快骑多快。”他从记录本上扯下一张纸，匆匆写了几个字。“交给警察局局长。在他到来之前，我要扣押你们所有人。”

福尔摩斯强势的性格控制了惨烈的局面，所有人在他手里都服服帖帖的。威廉姆森和卡罗瑟斯受命将伍德利抬进房子，我搀扶着吓坏了的姑娘。中枪的人躺在床上，我按福尔摩斯的要求检查了他的伤势，然后去向他报告。他坐在装饰着挂毯的餐厅，正看着他的两个犯人。

“他死不了，”我说。

“什么!”卡罗瑟斯一下从椅子上跳起来，大声吼道，“我要先上楼结果了他。你是在告诉我那个女孩，那个天使，一辈子都要受狂暴的伍德利管，你知道吗？”

“不用你操心，”福尔摩斯说，“有两个理由可以让她无论如何都不会成为伍德利的妻子。第一，我们完全可以质疑威廉姆森主持婚礼的资格。”

“我是被任命的牧师！”那个老流氓喊道。

“也被免职了。”

“一日牧师，终生牧师。”

“我不这么认为。你的执照呢？”

“我们有公证婚礼的执照，就在我口袋里。”

“那你是用不正当手段弄来的。但是，不管怎样，强迫的婚姻不是婚姻，是重罪，你很快就会知道，而且你将有十多年的时间好好想明白这一点，除非我弄错了。至于你，卡罗瑟斯，你最好把手枪放进口袋。”

“我也开始这么觉得，福尔摩斯先生。不过，我爱这个女孩，这是我第一次知道什么是爱，所以，为了保护她，我采取了种种措施，但她落在了伍德利的手里，那可是个没人性的恶棍，光是他的名字就让从金伯利到约翰内斯堡的整个南非阴森可怖，想到这些我就会发疯。为什么，福尔摩斯先生，你可能不信，自从我雇用了她，我就从没让她独自经过那座园子，而是骑车跟着她，确保她不会受到伤害，因为我知道那帮流氓就潜伏在那里。我跟她保持一段距离，并且戴上假胡子，不让她认出我，因为她是一个心气很高的好女孩；如果让她知道了我在乡间小路上跟踪她，她在我这里就待不长了。”

“为什么不告诉她这些危险？”

“因为那样做她就会离开我，我接受不了。即使她不爱我，只要能在我家看到她美丽高贵的样子，听到她甜美的声音，我也很满足。”

“呃，”我说，“你说那是爱，卡罗瑟斯先生，但我只能说那是自私。”

“或者两者密不可分。不管怎样，我不能让她走。另外，外面有这伙人，所以最好还是能有人在周围保护她。然后，电报过来的时候，我就知道他们肯定会采取行动了。”

“什么电报？”

卡罗瑟斯从口袋里掏出一封电报。

“就是这封。”他说。

电文很简洁——

老头死了！

“哼！”福尔摩斯说，“我想我知道是怎么回事了，也知道这个信息为什么会让他们采取行动了——用你的话说。不过，在我们等警察的时候，你不妨告诉我们你知道的。”

那个穿着法衣但已被上帝摒弃的老头突然骂起了长篇的脏话。

“遭天谴的！”他说，“如果你揭发我们，鲍勃·卡罗瑟斯，我会让你尝尝你对付伍德利的滋味。你可以尽情倾吐你对那个女孩的恶心话，那是你的事，但你不能向这个便衣告发你的老朋友，否则你会后悔的！”

“阁下不必动怒，”福尔摩斯点上烟说，“这个案子很清楚，对你很不利，我只不过是打听点细节，满足一下个人的好奇心。不过，如果你不好说，我来说，然后你看看你还能有多少秘密可以隐藏。首先，你们三个从南非回来，共同制造了这个阴谋——你威廉姆森，你卡罗瑟斯，还有伍德利。”

“第一个谎言，”老头说，“两个月以前我没见过他们中的

任何一个，并且我这一辈子也没到过非洲，所以，收回你的话，放进烟斗和烟一起烧了吧，爱管闲事的福尔摩斯先生！”

“他说的是真的，”卡罗瑟斯说。

“好吧，好吧，你俩从非洲回来，这位牧师大人完全是咱们国产的。你俩在非洲就认识拉尔夫·史密斯，并且确信他活不长了。你们得知她的侄女会继承他的遗产。怎么样，嗯？”

卡罗瑟斯点点头，威廉姆森还是骂脏话。

“毫无疑问，她是至亲，你们都清楚那老人不会立遗嘱。”

“不会读，也不会写，”卡罗瑟斯说。

“所以你们来了，你俩，都来追求这个女孩。你们计划一个人娶她，另一个人要从这笔横财里分一份。不知道为什么，伍德利被选中当丈夫。这是怎么回事？”

“回来的路上我们用她当赌注赌了一把，他赢了。”

“明白了。你把这女孩聘到家里，让伍德利趁机追求她。女孩识破他的卑劣，不想跟他有任何往来。与此同时，你们的安排被打乱了，因为你爱上了她，再也受不了让伍德利拥有这女孩的想法了。”

“没错！绝对受不了！”

“你俩吵了一架，他愤然离去，开始独自实施计划。”

“我发现，威廉姆森，我们已经没有多少能告诉这位先生的了，”卡罗瑟斯苦笑一声喊道，“没错，我们吵了一架，他把我打倒了。不管怎么样，我表明了我的态度。然后他就走了，也就是这时候，他找到了这位已被除职的牧师。我发现他们一块住到了这个庄园，这是维奥莱特前往车站的必经之路，所以自打那以后，我必须看着维奥莱特，因为我嗅到了空气里恶行的气味。我随时监视这帮恶棍，因为我急于知道他们要干什么。两天前，伍德利带着这封电报来到我家，说明拉尔夫·史密斯已经死了。他问我是否加入，我说不。他问我是否愿意娶那个女孩，然后分一份给他。我说我愿意，但她不愿嫁给我。他说，‘我们先强迫她

结婚，过上一两个星期她就会软下来。’我说我绝不用暴力。他就骂骂咧咧地离开了，还是那副流氓嘴脸，并且发誓要得到她。她这个周末离开我，我准备了马车送她去车站，但我还是非常不放心，就又骑车跟着她。不过，她先出发了，还没等我追上她，厄运就已经降临了。我知道的第一件事情就是你们两位驾着她的马车往回走。”

福尔摩斯举起烟头，扔进壁炉。“我太笨了，华生，”他说，“当你说你看到那个骑车的人好像是在树林中整理领结时，我就该全都猜到了。还好，我们很庆幸这是一个非常奇怪，从某种意义上也非常独特的案子。我看见警察的马车已经在庄园主车道上了，很高兴那个马夫能跟得上他们。这样看来，不论是他还是那个好笑的新郎，都不用再忍着他们上午所遭受的伤害了。我觉得，华生，凭借你的医学本领，你不妨照看一下史密斯小姐。如果她完全康复，告诉她我们乐意送她回母亲家。如果她还是不太舒服，你不妨暗示她，我们会给米德兰公司的一位电工发电报，这大概能够让她痊愈。至于你，卡罗瑟斯，我想你已经尽力弥补了你在一项阴谋中犯下的罪过。这是我的名片，如果我的证词在你审判之日能对你有帮助，我乐意效劳。”

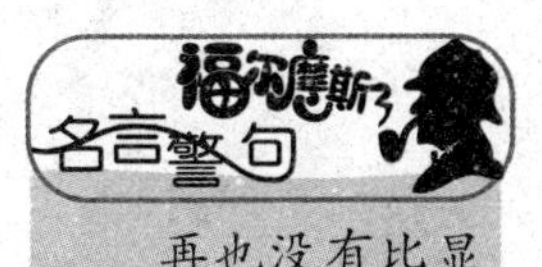

再也没有比显而易见的事实更虚伪的了。

可能读者已经注意到了，面对接二连三的事件，我很难完美地讲述所有故事，并把最终的细节讲给好奇的读者听。每个案子都是下一个案子的序幕，危机一旦结束，危机中的人物也就永远地淡出了我们繁忙的生活之中。不过，在这桩案子的卷宗末尾，我发现了一个附录，记录的是维奥莱特·史密斯小姐确实继承了一大笔遗产，并且成了希瑞·莫顿的太太。希瑞·莫顿成了莫顿·肯尼迪公司的高级合伙人，这是威斯敏斯特的一家知名电器公司。威廉姆森和伍德利被控绑架及伤害罪，分别判处七年和十年有期徒刑。至于卡罗瑟斯的命运，我没有记录，但我肯定法庭不会判他重罪，因为伍德利早就有最危险的流氓的恶名，所以我想大概几个月的监禁也就差不多了。